LA CELLULE DE ZARKANE

Joseph Lubsky est un pseudonyme de Patrick Sébastien.

Paru dans Le Livre de Poche
sous le nom de Patrick Sébastien :

PUTAIN D'AUDIENCE

JOSEPH LUBSKY

La Cellule de Zarkane

FLORENT MASSOT

ISBN : 978-2-253-12298-2 – 1re publication LGF

Prégénérique

Comme un film. Quand la vie a plus d'imagination que le scénariste le plus doué. Comme un film. Noir. Avec, au début, le visage en gros plan du héros, hurlant sa douleur, lion de la Métro Goldwyn Mayer. Comme un film. Et tout de suite après, sur le lent fondu du noir à l'image, une chanson italienne. La même qui accompagnera la fin. Et puis, des ombres rouges et sombres dont les contours se précisent peu à peu : des juges. Un tribunal. Clap de début. Silence. Moteur. Action.

Comme un film.

Au procès, il y avait eu des circonstances atténuantes. Certainement des jurés en attente de leur absolution. Accorder le pardon à l'autre pour se défaire de sa propre culpabilité. En parfaite inconscience, évidemment, puisqu'en l'occurrence le crime était impardonnable. Sur les photos floues du carnage projetées à l'audience, on pouvait à peine distinguer, entre les deux visages massacrés, qui était la mère et qui était la fille. Et pourtant. Trente-trois ans pour l'une, trois ans et demi pour l'autre. Et le même amas de chairs éclatées, déchiquetées.

Une violence extrême. Gratuite.

Alors, atténuer quoi ? Bien sûr, l'avocat de la défense avait sorti l'arsenal des « malgré tout ». Professionnel et indécent, il avait tenté mille bottes lacrymales à fleurets à peine mouchetés. L'enfance blessée, l'injustice d'une société barbare, l'alcool. Et l'avocat général en revenait sans cesse aux faits. Juste à eux, comme il se doit, dans une plaidoirie du talion.

— Regardez l'horreur en face, messieurs et mesdames les jurés. C'est votre femme, votre enfant qu'on a massacrés. Y a-t-il un mot plus fort qu'abominable ? Non. Y a-t-il un ressenti plus fort qu'impardonnable ? Non. Y a-t-il une autre issue que la perpétuité ? Non.

Vingt-deux ans. Seulement. Et des cris de colère, de honte et de dégoût dans le public à l'énoncé du verdict.

Les jurés, tête basse, ne regardaient qu'en eux. Le désir de pardon de leurs propres fautes les avait fait absoudre en partie. Persuadés d'humanisme, ils n'avaient, en fait, que précédé leur hypothétique jugement dernier. Untel, vivant entre une femme laide et un chien affectueux, se dédouanait ainsi des coups réguliers portés à son épouse quand elle aboyait trop. Une autre, pieuse en vêpres, et toute en fiel à chaque bonheur des autres, avait fait pénitence de ses lettres anonymes. Celui-ci avait balayé ses attouchements interdits sur la petite nièce effarouchée. Celle-là avait tout simplement gommé un peu de sa culpabilité d'être infidèle.

Le handicap de la justice des hommes n'est pas la justice, mais les hommes.

Zarkane, l'œil noir et sec, contemplait, sans le moindre signe extérieur d'émotion, le théâtre de bustes qui venait de le condamner à une peine tronquée. Figurines bien en ordre dont on ne voyait que le haut du corps, il divagua un instant pour les imaginer culs-de-jatte éternels dans leur vie de tous les jours. Demi-hommes et demi-femmes. Comme de toute façon sa vision de la société le lui imposait depuis toujours. Il haïssait les lois et leurs porte-flingue. Il haïssait les puissants. Il haïssait cette déclaration des non-droits de l'homme où l'on naissait à peine libres et inégaux. Il se haïssait encore plus.

Il déplia lentement son mètre quatre-vingt-huit, et chercha le regard du président du tribunal. Le gros homme à la calvitie impeccable et au regard globuleux fit mine de plonger dans son dossier. Il essaya de capter d'autres yeux. Personne. Seul. Infiniment seul. Pour vingt-deux ans, officiellement. Bien moins, en enlevant les deux années de préventive et en comptant sur les remises de peine. Mais déjà mort. Le corps en sursis et l'âme au tombeau. Cryogénisée. Et la vengeance en viager.

Dans vingt ans. Quinze peut-être.

L’enfant du *Riourki*

La cellule. 18 septembre 1988.

Dehors, un temps de mardi de Pâques. Lorsque le soleil nargue à travers les stores du bureau, après un week-end malchanceux tout en pluie. La porte de la cellule vient de se refermer derrière lui, et Zarkane prend de plein fouet un rayon de grand beau. La lumière éclatante du dehors projetée en spot à travers la minuscule fenêtre. Et l’ombre des barreaux de part et d’autre du visage.

Il ferme les yeux. Ouvre la bouche, comme pour avaler le bel ailleurs, la vie de l’autre côté du mur. Une minute. Cinq. Qu’importe. Désormais, le temps ne se compte plus en tours d’aiguilles. Même pas en bâtonnets rayés qu’il s’est promis de ne pas tracer au mur. Il ne veut sous ses yeux aucun stigmate des heures perdues. À peine la nuit, le bruit de la pluie, ou le vol mou des feuilles mortes lui indiqueront-ils la course des jours et des saisons. Pas de radio. Pas de télévision. Plus aucune attache. Bien sûr, il sortira une fois par semaine. La promenade. Mais seul. Comme il l’a souhaité. Et aucun contact avec qui que ce soit, excepté le gardien. Comme il l'a souhaité aussi. Régime de faveur.

Justifié.

Zarkane écoute le pas bancal du gardien s'éloigner. Le silence qui n'est jamais tout à fait muet est bien plus peuplé que d'habitude. Il ne saisit pas encore le grattement des pattes de la tarente égarée là-haut au plafond. Mais il sait que, dans quelques mois, il pourra détecter à l'oreille le moindre mouvement du gecko acrobate.

Il n'a toujours pas fait un pas dans son nouveau tombeau. Adossé à la porte, il redresse la tête et ouvre enfin ses grands yeux bleus. La pièce est à peine rectangulaire, les murs sont gris ardoise, avec, çà et là, quelques taches brunes. Comme la vieillesse aux mains des vieux. Elle mesure quatre grands pas de long, trois, et un plus court, de large. Un métrage d'allées et venues pour le sol. Une mesure au regard pour la hauteur des murs : un déplacement d'œil complet de bas en haut sans bouger la tête. Une ampoule simple pend au plafond, vissée à un fil serpentin court. Le lit d'angle est bas, fixé au sol, et habillé d'une couverture marron sale légère. Un évier, une cuvette sanitaire sans couvercle, un tabouret haut et une table en vieux formica complètent le décor.

Aucune odeur encore. Dans quelques semaines, l'empreinte des sommeils, des sueurs, des souffles de Zarkane personnalisera la geôle. C'est l'arôme des humains qui imprègne les lieux clos. Pas le contraire. Bientôt, la cellule sera Zarkane. Une entité. Pour l'instant, il est encore l'intrus. Mais le temps les fondra l'un dans l'autre à égale proportion. La loi des appartenances. Celle qui fera que même après son départ, il restera éternellement un peu de Zarkane dans la cellule et un peu de cellule dans Zarkane. Comme ces prêtres qui trimbalent dans la rue une auréole de vitraux et d'encens.

Zarkane balaie lentement du regard le tombeau.

Ainsi, ce que les tarots de Mamma Lisa lui promettaient est arrivé. Comme toujours.

— Tu finiras en prison, Kéma.

C'est Zarkane qui est en prison. Kéma ne mérite pas ça, lui.

Il ferme à nouveau les yeux et voit Mamma Lisa prendre par la main le petit Kéma.

Il y a longtemps, si longtemps.

Le camp de gitans était situé sur un terrain vague, près de Toulon, à quatre kilomètres de La Valette, à vol d'oiseau. À vol de tout. Vol de vélos, de sacs à main, de montres. Il fallait bien vivre. Et on ne vivait pas si mal. Mieux, c'était quoi ? Sédentaires ? La liberté a un prix, c'est vrai. Mais le vent et le soleil sont gratuits.

Six caravanes à la peinture blanche écaillée étaient posées en désordre sur de la terre sale. Çà et là, étaient éparpillés des sièges de toutes sortes : fauteuils de salon, de voiture, chaises en rotin, en fer. Renversés ou boiteux. Quelques pneus, aussi. Plein, qui faisaient banquette, ou découpés en tranches et gorgés d'eau de pluie pour les gosses qui jouaient à Surcouf avec des bateaux d'écorce et leurs mâts d'allumettes. Une carcasse de voiture, une autre de machine à coudre complétaient le tableau. Ils s'en servaient aussi pour s'amuser. La machine à coudre était cheval et la voiture avion. Avec les portières arrachées pour faire les ailes. Un réalisme pauvre et laid. Une œuvre forte d'aujourd'hui pour des créatifs inspirés. Quand la misère devient le lucre de l'art. La photo des femmes bariolées et des enfants boueux vaudrait sûrement cher dans une galerie d'exposition de la rue Matignon. L'art est un ogre sans compassion. Et la misère ne se nourrit même pas de sa surexposition. Elle est la misère. Gratuite seulement pour elle.

Dans ce capharnaüm de campagne, une vingtaine d'hommes, femmes et enfants continuaient à vivre. Malgré tout. Malgré rien ou pas grand-chose. Il y avait quand même des guitares et des chants : la tradition, qui faisait quelquefois stopper un automobiliste plus curieux que mélomane sur la départementale en bordure. Il repartait la plupart du temps sous les jets de cailloux. Colère de zoo.

Le soir, autour des feux de cagettes, on écoutait la « radio » des anciens ressasser les souvenirs d'errance. Des poules volées aux bagarres au couteau avec les forains dans les fêtes de village, chacun disait ses guerres. Et les enfants devenaient des hommes sans passer par l'adolescence. Un mot inconnu, d'ailleurs.

Les gendarmes venaient souvent. Phénomène étrange, la proximité de nomades transformait à coup sûr la perte en vol. Un chien parti courir la chienne en chaleur et c'était sûrement « ces salauds de caraques » qui l'avaient dérobé. Peut-être même dépecé et mangé. Une montre perdue ? Ils l'avaient sûrement déjà fondue et revendue au prix de l'or. Alchimistes de contrebande.

Bien sûr, ils chapardaient. Mais pas tout. Et bien des habitants du village d'à côté se servirent de ce voisinage inquiétant pour faire endosser à ces voyageurs-là leurs rapines de famille. Et puis surtout, sournois et récurrent, il y avait le mépris. Craché des yeux. Cette suffisance haineuse de ceux qui restent pour ceux qui passent. On les dénonçait même aux gendarmes quand ils volaient dans les poubelles. La fracture sociale est ainsi faite. Devenir un citoyen modèle, soit ! Encore faudrait-il des exemples.

Mamma Lisa disait la bonne aventure dans la plus vieille caravane. Dégoulinante de foulards, de fausses bagues et de jupons bariolés. Gitane d'opérette. Son habit de gala. Pour la crédibilité. Le reste du temps, elle traînait en chaussons éventrés et en peignoir sale. Les cheveux noirs et gras en broussaille, la cigarette à la bouche en permanence. Sa caravane était la seule où des guirlandes et quelques fleurs fanées égayaient de couleurs la carrosserie blanc sale. Voyance oblige. Quelques inquiets venaient parfois de la ville se faire tirer les cartes. Bravant leur appréhension, après avoir laissé leur véhicule sur la route par précaution, ils traversaient le camp sur la pointe des pieds. Pas pour le bruit, pour la boue. Ces consultations en plein authentique leur donnaient une sensation d'efficacité garantie. Et puis, c'était moins cher qu'à Toulon.

Elle élevait seule son bâtard avec un amour infini.

Cet amour était réciproque, même si parfois les réprimandes étaient hurlées.

— Je t'interdis de faire ça, Kéma, tu entends, je t'interdis ! Monsieur Paul est un bon client. Et comment qu'on mange après ?

Ce jour-là, pendant que Monsieur Paul se faisait prédire l'avenir, Kéma n'avait pas résisté à la tentation. Il avait volé dans la voiture garée à une centaine de mètres du camp tout ce qui se trouvait dans le vide-poches.

Ce n'est qu'à la nuit tombée que Mamma Lisa avait vu scintiller dans l'ombre de la caravane la belle montre aux aiguilles fluorescentes de Monsieur Paul qu'elle connaissait bien.

— Petit salopard ! hurla-t-elle. Tu voles à qui tu veux, mais pas à les clients !

Kéma n'avait que sept ans, mais, comme les années de misère comptent double pour les enfants, il eut une réponse de grand :

— Les clients à ton cul ?

Elle le frappa, bien entendu. Et il se mit à pleurer, évidemment. Puis elle entama une longue plainte psalmodiée où se mêlaient des mots d'espagnol et de mauvais français. Elle y geignit pêle-mêle la cruauté du monde, des prières à la Vierge Marie, son amour infini pour ce bâtard de fils malgré tout, et son plus grand désir de le voir un jour devenir « Gadjo magnifico », loin des ferrailles et du bourbier de ce camp poubelle.

Et puis, après avoir pleuré sur lui, elle pleura sur elle. Mais moins fort. C'est vrai que de temps en temps, en plus du secret des cartes, elle louait son corps. Mais si peu. Caresses de bouche. Il ne fallait surtout pas que les autres voient la caravane remuer. Elle faisait ça pour son petit Kéma et uniquement pour lui. Même pas cher. Le prix d'une voiture miniature et de quelques Malabar.

Mamma Lisa était si belle. Kéma aussi était beau. Et rare, surtout. Un gitan blond. Hérédité ouralienne... Ou caucasienne, allez savoir.

La tribu, à sa naissance, avait voulu le tuer. Mais les plus sages des vieilles gitanes avaient réussi à raisonner les plus véhéments. Lisa avait accouché un soir glacial de novembre 1952, aidée seulement d'Esméralda et Maria-Louisa, les deux plus âgées du camp. Papa Joseph, le patriarche, était entré dans la caravane au premier cri de l'enfant. Son visage s'était tendu. Il avait juste dit :

— Il est blond.

Et il avait tourné les talons. Pendant des heures, les hommes avaient parlé, entassés dans la plus grande caravane du camp. Lisa, par la petite ouverture de la sienne, jetait de temps en temps un regard inquiet. Elle savait que plus ça durait, moins c'était bon pour elle. Parce qu'ils buvaient en parlant. Un tribunal sans loi. Au nom de l'honneur, et de l'honneur seul. Avec des juges en chapeau noir, à l'haleine chargée de mauvais vin, édictant des sentences primaires de leurs voix éraillées.

Quand, après le « délibéré », Papa Joseph vint annoncer le « verdict » à Lisa, les deux vieilles femmes sortirent sans un mot en emportant l'enfant.

— Tu as fait mal, Lisa. Ce petit, il est une insulte.

Tes frères, ils voulaient le tuer. Mais moi, on n'est pas des égorgeurs d'enfant. Parce que quand même lui, il a rien fait. Alors on a décidé qu'il reste vivant. L'honneur il est sali. On va le laver. Avec du mensonge, mais c'est obligé.

Lisa, le ventre encore déchiré par la douleur, écoutait la sentence, résignée.

— Ce petit, on a décidé qu'on l'a trouvé. Quelqu'un l'a laissé par terre sur le chemin à côté et on sait pas à qui il est. Alors on le garde. Toi, Lisa, tu jures que jamais tu diras la vérité. Jamais. À lui non plus. Jure.

Lisa pleurait. Papa Joseph attrapa la statuette de plâtre apportée par les femmes pour qu'elle veille sur l'accouchement. Il la tendit à Lisa.

— Jure… Jure sur la Vierge Marie.

— Je jure, murmura Lisa entre deux sanglots.

— C'est bien, reprit Papa Joseph. Maintenant, pour toi, c'est décidé, pas un homme ici a le droit de te toucher. Tu es sale. Alors, tu feras la mère du petit toute seule. Sans un autre père. Jamais. Et puis maintenant tu vas être punie. Tes frères vont le faire.

Il se signa et dit en sortant :

— Il s'appellera Kéma.

Par la porte restée ouverte, apparurent presque immédiatement les silhouettes lourdes de José, Manolo et Mirko. Sans un mot, ils commencèrent à enlever leurs ceintures. Ils les enroulèrent autour de leurs poings, la boucle pendante.

De l'extérieur, la caravane tremblait comme un van agité par un pur-sang devenu fou. Les cris de Lisa étaient atroces. Ils la frappèrent encore une minute après qu'elle se fut évanouie. Puis ils sortirent, reprirent leurs bouteilles de vin, et s'éloignèrent en se signant.

Esméralda et Maria-Louisa se précipitèrent. L'une portait l'enfant. L'autre, une bassine et un linge. Elles nettoyèrent Lisa du sang et des crachats mêlés, et passèrent le reste de la nuit à la veiller en faisant des prières à la Vierge.

Plus personne n'évoqua jamais cette nuit-là. Cette nuit où l'enfant du *Riourki* était devenu pour toujours Kéma, un bébé abandonné.

Le *Riourki* était entré en rade de Toulon dix mois plus tôt, au début du printemps 1952. C'était un croiseur russe gigantesque dont les marins, la nuit venue, s'éparpillaient dans « Chicago », le quartier chaud de Toulon qui bordait le port.

Lisa était allée promener ses vingt ans, un soir de mars, du côté des bateaux. Elle avait passé des heures à contempler les monstres des mers en escale. Un groupe de matelots bien éméchés l'avait chahutée dans une langue qu'elle ne comprenait pas. Elle ne comprit pas non plus ce qu'avait dit le beau Nicolaï, mais elle lui sourit en voyant le reste du groupe s'en aller sur son ordre.

La suite fut ce qu'elle devait être, sûrement parce que le destin en avait décidé ainsi. Nous ne sommes maîtres de rien. Seulement esclaves de nos routes tracées d'avance.

Après avoir marché longtemps, le chemin mena, ce soir-là, Nicolaï et Lisa vers les plages. À moitié dans un mauvais français, à moitié par gestes, il lui parla de chez lui.

— Toi venirr chez moi… Russie… Amener… Toi.

Elle avait rêvé, noyée dans le beau regard bleu. Elle se voyait déjà clandestine à fond de cale.

Il avait murmuré :

— Possible… Mais danger.

— Moi, pas peur, avait-elle répondu.

Le charme et la douceur de Nicolaï avaient fait le reste. Ils firent l'amour à fleur de sable et de peau. Sans se quitter des bouches. Et puis elle le raccompagna jusqu'au pied de la passerelle du croiseur. Il grimpa trois marches, se retourna et dit en guise d'adieu :

— Trrès loin… Trrop loin, chez moi… Pas possible… Mais toi, trrès bon l'amourr… Trrop loin Russie… *Spassiba*.

Ce « merci » en russe était le seul mot qui aurait pu lui faire du bien, mais que, hélas, elle n'avait pas compris. Elle partit en ne croyant emporter de lui qu'un souvenir de peau et de cœur à ranger pour toujours dans son jardin secret. Elle emportait bien plus.

Ainsi, huit mois et demi plus tard, l'enfant du *Riourki* fut enfoui à jamais dans les consciences lézardées de tous les membres de la tribu. L'âme de toutes les familles du monde est pleine de ces cachettes où disparaissent à jamais des vérités inavouables. Les plus vieux du pays varois, pagnolesques par chauvinisme et tradition, appellent ces amnésies des « cimetières à remords ».

En cette nuit brumeuse d'octobre 1959, Mamma Lisa rangea la montre fluorescente de Monsieur Paul, et se pencha sur Kéma qui faisait semblant de dormir.

— Je t'aime, Kéma. Je fais pas bien mais je veux que toi, plus tard, tu fais bien. Il faut qu'un jour tu partes de ça. Il faut que tu as, toi, l'argent pour les Malabar et le champagne dans une belle maison, avec une femme et pas des roues de voiture dans le jardin. Et puis pas voler les gens. C'est mieux qu'on te vole à toi, comme ça, ça veut dire que c'est toi qui as la voiture avec la montre qui fait de la lumière.

Kéma lui sourit et la prit par le cou de toutes ses forces.

— On partira tous les deux, lui chuchota-t-il à l'oreille.

— Oui, tous les deux.

— Peut-être que les gens qui m'ont abandonné, ils ont la belle maison, alors j'y ai droit. Et toi aussi, puisque c'est toi qui m'as fait grandir.

Lisa se remit doucement à pleurer.

— Tu sais, Mamma Lisa, fit Kéma en lui essuyant les yeux, je t'aime comme si tu étais ma vraie maman.

Lisa, comme chaque fois que Kéma lui disait ça, dut faire un effort colossal pour ne pas ouvrir le portail du « cimetière à remords ».

— Bon, maintenant il faut que tu dors, dit-elle après l'avoir embrassé. Et pour que tu comprends mieux qu'il faut être bon garçon, demain, je t'amène au curé.

Le lendemain, Kéma et Mamma Lisa grimpèrent jusqu'au village voisin. Quand ils pénétrèrent dans la petite église, le père Huce était en chaire. Le sermon dénonçait une fois de plus les impies. Le vieux curé, de références bibliques en paraboles personnelles, y fustigeait avec humour les hommes du village absents des offices à deux ou trois exceptions près :

— Ceux qui sont présents sont des antialcooliques, sans doute !

C'est vrai qu'on croisait les mâles du canton plus souvent au bistrot qu'à la messe. Ils désertaient le saint lieu autant par désintérêt que par colère. Ils rendaient Dieu responsable de tous les maux de la terre en général, et des sécheresses récurrentes en particulier. D'ailleurs, au premier orage, quelques brebis égarées rejoignaient le troupeau. Le père Huce dénonçait fréquemment ces « croyances météorologiques » à une poignée de bigotes conquises.

Kéma n'aimait pas l'église. Les prières en latin l'ennuyaient et la communion l'effrayait. Quand il fallait ingérer l'hostie, il se pliait à ce rituel avec un immense dégoût. Il se demandait toujours sur quelle « tranche » du corps du Christ avait été prélevée cette minuscule rondelle blanche au goût pâteux.

Mamma Lisa, elle, adorait le vieux curé. C'était le seul homme qui la regardait sans envie. Une fois par semaine, elle allait confesser ses maigres péchés. Tous, sauf un : sa fascination pour le vitrail de la crucifixion, qui n'avait rien de religieux. Ce Christ-là ressemblait trait pour trait à son marin russe, et chaque fois qu'elle le regardait, son ventre frissonnait. Et ça, c'était inavouable.

Quand l'église fut vide, Kéma eut droit à un sermon personnel dont d'ailleurs il ne retint rien. Le prêtre avait des mots de prêtre, sans calcul, un brin lyriques. Kéma, au premier « compassion », avait décroché. Il comprit bien « ne pas faire le mal » et « prison ». Mais « pénitence » et surtout « inéluctable » eurent raison de l'attention qu'il tentait de porter à cet homme à la fois rassurant et inquiétant. Même à sept ans, il savait qu'un homme en robe c'était du « pédale », comme en ricanaient les grands, Toni et Carmelo, quand ils revenaient d'une sortie le soir, à Toulon.

À la fin du discours, il fit quand même semblant d'avoir compris la leçon. Surtout pour ne pas fâcher Mamma Lisa.

— Merci, monsieur le curé, fit-elle en s'agenouillant pour lui baiser la main.

— Allons, allons, relève-toi Lisa, je ne suis pas évêque, dit le vieil homme édenté en souriant noir. Et rassure-toi, ton petit a un bon fond et tu es tellement pure qu'il doit bien avoir quelque part en lui un peu de la droiture de sa mère.

— Mais, monsieur le curé…

— Je sais, fit-il avec une moue complice, tu ne l'as qu'élevé, mais crois-moi, si tu étais sa mère génétique, je te dirais pareil.

Même sans avoir compris « génétique », Lisa avait saisi le sens de ses paroles.

— Vous savez, reprit-elle à mi-voix, quand je tire les cartes de tarot pour lui plus tard, je vois beaucoup de mauvais gens et toujours la prison. Et ça, j'y crois.

— Lisa, fit le prêtre en lui prenant les mains, il n'y a qu'en Dieu qu'il faut croire, et il faut se méfier des arcanes.

Kéma, qui avait tout entendu, avait été touché par ce dernier mot. La sonorité, peut-être. Comme les notes d'un air de musique tout bête qui restent dans l'oreille. Dans sa tête, il l'avait immédiatement orthographié : « zarkane ». Il ignorait qu'au-delà du sens général du mot qui désigne des initiations mystérieuses, « arcanes » était aussi le nom des lames du tarot divinatoire.

La phrase résonnait en lui bien plus que tout le long et hermétique sermon d'avant. S'il fallait retenir une chose, pour faire plaisir à Mamma Lisa, c'était : « Il faut se méfier des zarkanes. » Donc, par déduction, les zarkanes, c'était les méchants !

À partir de ce jour, Kéma fit de ce mot une priorité de son vocabulaire. Il traita dès lors de « zarkane » chaque personne qui lui semblait animée de mauvaises intentions. La première fois, ce fut Mario, son « copilote » dans la voiture-avion. C'était un gosse du camp du même âge que lui, avec lequel il voyageait en carcasse.

— Tu veux qu'on aille où ? demanda Kéma. À Toulon ou sur la lune ?

— Sur la lune, c'est moins loin, répondit Mario.

— Ah bon ! fit Kéma, étonné.

— Ben oui, Toulon, d'ici, on le voit pas !

— Allez, c'est parti, lança Kéma.

Mario essaya de lui prendre des mains le vieux balai qui lui servait de commande, en ordonnant :

— Laisse, c'est moi qui conduis.

— Non, c'est moi ! s'énerva Kéma en gardant jalousement contre lui le gouvernail en bois.

Ils luttèrent quelques instants, et Kéma envoya valser Mario avec violence hors du cockpit. Les genoux en sang, il se releva, vexé, et lança avant de s'enfuir en courant :

— De toute façon, c'est pas un vrai avion !… Et toi, t'es même pas un vrai enfant !

Et Kéma, furieux, se lança à sa poursuite en criant :

— Zarkane, zarkane !… T'es qu'un sale zarkane !

Il y eut plus tard quelques gendarmes zarkanes, des gosses du village qui lui lançaient des cailloux zarkanes, et surtout des employés municipaux zarkanes. Ceux qui vinrent enlever « l'avion » parce que ce débris-là polluait le paysage. Kéma était là quand l'adjoint au maire avait dit à Papa Joseph, avec des mots particulièrement maladroits :

— Les commerçants se sont plaints. C'est une mauvaise image pour le village, ces déchets en bordure de route. Alors on va nettoyer, ordre du préfet.

Kéma savait bien que ce n'était pas seulement de la

maladresse et que, dans son esprit, les déchets, c'était eux aussi. Et, quelques jours plus tard, pendant qu'on emportait « l'avion », il serrait les poings.

« Bande de sales zarkanes ! avait-il pensé. C'est pas grave, j'irai sur la lune à pied. Et quand je serai grand, je serai encore plus zarkane que vous ! »

Il le serait.

Bien plus qu'il ne l'imaginait.

En attendant, chaque jour, dans la caravane, les arcanes, les vrais, peuplaient son imaginaire. Les figures des tarots de Marseille le fascinaient. Ce furent ses premiers modèles de dessin. Il passait des heures entières à les reproduire avec un crayon qu'il taillait au couteau, sur des vieux cahiers chipés dans les poubelles de l'école voisine. Ainsi, il s'inventait des histoires où le Bateleur habitait la Maison Dieu, où l'Impératrice voyageait en Chariot avec l'Hermite. Mille combinaisons qui enchantaient Mamma Lisa et l'agaçaient à la fois. Il n'était pas rare que, au moment de se servir de ses cartes pour ses voyances rémunérées, il manquât un ou deux arcanes majeurs.

Il y avait deux figures dont se souciait plus particulièrement Kéma : le Pendu, sa préférée, et le Diable, qu'il ne dessinait jamais. Une attirance et une répulsion inexplicables. Il ne connaissait pas le sens de ces arcanes. Il l'apprendrait plus tard. Et il comprendrait alors le côté prémonitoire de ce choix instinctif. La seule signification qu'il avait saisie, c'était que la

Maison Dieu était une mauvaise carte, et le Soleil, une bonne. Quand il était présent « à un client », le visage de Mamma Lisa se fermait ou s'éclairait selon qu'elle découvrait l'une ou l'autre. Il y avait aussi la Justice dont il n'arrivait jamais à équilibrer les plateaux de la balance dans ses reproductions.

Prémonition aussi… Ou réalité inéluctable ?

Les chemins des tarentes

La cellule. 18 septembre 1988, toujours.

Zarkane se décide enfin à avancer. Deux pas seulement. Puis il se retourne vers la porte d'entrée et projette sa tête contre l'acier avec violence. L'arcade sourcilière explose sous le choc. C'est à cet endroit du visage que le sang gicle le mieux et sans trop de dommages. Il porte la main à sa blessure et enduit son index de cette encre d'occasion. Et puis, lentement, il trace sur la porte les sept lettres du mot « COUPABL ».

Quelle douleur ?

Aucune souffrance physique ne peut être à la hauteur du déchirement de son âme. Le flot rouge qui coule devant ses yeux se mêle évidemment ton sur ton à l'image obsessionnelle qui ne le quitte jamais : les corps ensanglantés et méconnaissables des deux victimes du meurtre, Elizabeth, la mère, et Fanny, la petite fille.

Ne pas devenir fou.

« Commencer tout de suite. Pour ne pas perdre la raison. C'est ça, commencer tout de suite. Ne pas attendre la nuit et sa faculté à illuminer encore plus les cauchemars de jour. »

Le film est horrible. L'arrêt sur image définitif.

Plan large : Elizabeth et Fanny démantibulées au pied de l'escalier… Et puis, plan serré : la mère, la tête en arrière, les yeux clos. La joue entaillée d'une coupure atroce, béante. Et les cheveux emmêlés, collés par le sang. Les doigts de la main gauche crispés sur l'autre côté du visage, à moitié enfoncés dans la bouche. Chaque détail est inscrit, sculpté dans la mémoire de Zarkane. L'image est claire, d'une précision sordide et infiniment cruelle : la boucle d'oreille pendante au coin du lobe déchiqueté. Le mascara qui trace deux chemins gris-noir des yeux aux lèvres. Et la petite main de poupée de Fanny posée sur son épaule. Les yeux de l'enfant sont encore grands ouverts. Effrayés. Effrayants.

La lampe de l'abat-jour renversé au pied de l'escalier éclaire d'une lumière crue la longue trace de l'égorgement et chaque coupure au visage de la petite fille. Sept coupures en tout, plus la lèvre éclatée. Et les traces de brûlures. Abominables. Ce teint nacré froid et définitif. Et enfin, désarticulé à l'envers de la tête, l'autre bras que terminent de petits doigts au vernis rouge grignoté.

Cette photo-là, c'est le filtre perpétuel du regard de Zarkane. Un voile d'horreur qui n'a pas quitté ses yeux depuis le soir du drame. Partout. Tout le temps. Au procès, le théâtre de bustes ne s'inscrivait qu'en arrière-plan. Même la photo projetée de la scène du crime était moins nette.

Ne pas devenir fou.

« Alors commencer maintenant. »

D'abord, il s'allonge. Et il insistera tant qu'il n'y sera pas arrivé. Ça prendra des jours, des mois peut-être, mais pour ne pas perdre la raison, il n'y a que cette solution.

Il avait découvert cette méthode un soir d'hiver de son adolescence, au fond de la bibliothèque secrète de « Papa Charly ». Dans un vieux livre d'un auteur inconnu, enfermé dans les geôles de la Révolution de 1789. L'écrivain y expliquait comment il avait réussi à ne fixer qu'à un seul endroit le spectacle horrible de la tête de son meilleur ami au bout d'une pique. Cet ami qu'il avait dénoncé. Cette image obsédante, comme pour Zarkane, était devenue le filtre de chacun de ses regards. À force de volonté, il avait fini par accrocher cette vision à un point unique : le mur du fond de sa cellule. Ainsi, la projection était toujours présente, avec autant d'intensité, mais sur le mur du fond, et seulement là. L'auteur avouait que sans ce stratagème, il aurait sûrement perdu la raison.

Zarkane, à l'époque de la découverte de cet ouvrage, vivait son premier chagrin d'amour. Un de ceux qui devrait enlever toute raison d'exister au deuxième. Pour en guérir, il avait choisi de cristalliser sur le fauteuil du salon l'image de Sarah, son désespoir. Au bout de trois jours, sans manger ni dormir, le beau visage d'ange de la jeune fille n'existait que là. Il avait disparu de sa glace, de la mer, du petit banc où ils s'étaient embrassés pour la première fois. Seulement inscrit tout en sourires sur la tenture écossaise du fauteuil. Et le soir où il décida de ranger le fauteuil au grenier, Sarah tout entière disparut définitivement. Mais il ne s'agissait que d'un gentil tourment amoureux, et il n'était pour rien dans son départ. Aujourd'hui, il fallait fixer l'horreur absolue. Et il en était responsable.

En entrant dans la cellule, il avait déjà décidé que ce serait au plafond.

Ne pas devenir fou.

« Commencer tout de suite. »

Zarkane est immobile. Cette image qu'il a tant cherché à repousser, là, il la précise, l'aiguise, et puis la colle au plafond. Le plan serré. La petite main au vernis rongé touche presque le mur de droite. Les yeux de Fanny sont plein cadre, juste au milieu de la deuxième dalle en partant de la porte. Le joint de la troisième dalle longe exactement la bretelle arrachée de la robe d'Elizabeth. La lampe qui éclaire la cellule se fond parfaitement avec celle de l'abat-jour dans l'escalier. Une fresque horrible que personne ne penserait à peindre. Même pas lui, l'artiste de génie.

La « fresque » installée, il ne reste plus qu'à attendre.

Deux heures plus tard, Zarkane tourne le regard vers le mur de gauche, puis vers la porte. À tout hasard. La photo-filtre est toujours là, bien sûr. Partout.

Ce sera long. Très long.

Ne pas devenir fou.

Son regard repart au plafond. Deux tarentes s'avancent sur la fresque et remontent le long de la coupure au cou d'Elizabeth. Il commence à déceler le crissement de leurs pattes minuscules.

« Ça y est, Zarkane, le grand silence commence vraiment. La descente en enfer. Bienvenue en apnée. Bienvenue aux abysses… Pendant ces vingt ans, il n'y aura que toi, tes remords, la fresque et ta mémoire. Alors voyage, Zarkane, voyage ! Dans ta tête, Zarkane. Dans ta tête seulement. Fixe la fresque, Zarkane, pour qu'elle n'existe que là. À force de volonté, efface-la de partout ailleurs. Qu'elle ne s'inscrive qu'au plafond. Seulement là. Pour ne pas devenir fou. Et voyage ! Embarque à bord de tes souvenirs. Repasse-toi le film de tout. Quand tu n'étais que Kéma. Et puis toute la suite. C'est ta seule compagnie. Ta survie. Tu sortiras un jour, Zarkane, mais ce jour-là tu devras être sain d'esprit, lucide et déterminé. Tu sais pourquoi. Alors voyage. Sans trop te presser. Nos souvenirs réels tiennent dans si peu de nuits. Voyage, Zarkane, voyage ! »

Les tarentes au plafond se sont arrêtées sur les chemins du mascara d'Elizabeth. Il y en a une grande et une plus petite. Une mère et son enfant, peut-être.

« Voyage, Zarkane, voyage ! Une maman et son fils, tu te souviens ? Mamma Lisa et toi sur la route qui menait à Toulon. »

C'était une belle journée de l'été 1964. Brûlante. À huit heures du matin, quand ils avaient quitté le camp, l'air envoyait déjà de lourdes bouffées d'air chaud. Ils marchaient dans les fossés main dans la main. Ils s'interdisaient la route par prudence. Il n'était pas rare qu'une auto les frôle dangereusement. Par jeu. Ségrégation et bêtise primaire de quelques conducteurs imbéciles. Cibles « sans valeur », un accrochage n'aurait pas défrayé la chronique.

Le couple était identifiable de loin. Elle, toute en couleurs vives passées, et lui en habits écorchés et godillots délacés. Loqueteux et effilés au pays des bonnes mines et des flanelles claires. Deux taches sur la carte postale. Parfois, un véhicule s'arrêtait pour leur proposer de les avancer. Une bonne âme. Mamma Lisa refusait toujours. Un réflexe de louve. Et si, une fois à bord, on la poussait dehors pour lui enlever son petit ?

Même en coupant par les chemins des garrigues, il leur fallait plusieurs heures pour rallier la ville. Comme chaque fois qu'ils faisaient ce long trajet, Mamma Lisa avait pris deux pommes comme nourriture de voyage. Ils s'arrêtèrent vers dix heures pour les partager. Une répartition de dupe et d'amour : Kéma croquait la chair du fruit et Mamma Lisa se contentait du trognon.

Ils entrèrent dans Toulon et durent marcher encore longtemps pour atteindre la vieille ville. Ils longèrent le port et s'enfoncèrent dans « Chicago ». La rue du Canon sentait à la fois le rance et le frais. Des filets d'eau moussue sinuaient le long des caniveaux. Quelques parfums grisants tombaient des fleurs en pots des balcons. Des bouffées d'eau de Cologne et de brillantine mêlées s'échappaient des boutiques des coiffeurs qui officiaient jusqu'à mi-trottoir. En fond musical s'envolaient des fenêtres les diatribes des mégères. L'accent du Sud faisait de leurs invectives des chansons.

Au milieu de la foule qui avançait au ralenti sous le soleil de plomb, Mamma Lisa et Kéma déambulaient, collés, à la recherche de mains à déchiffrer. Le sourire d'ange de la belle gitane était son atout majeur.

— Donne ta main, monsieur, donne. Je vais te dire tes prochains bonheurs.

La divination était forcément positive. Commerce oblige. Kéma tendait sa main en prenant le plus possible la mine d'un enfant en manque de tout. La composition était facile. Et une pièce atterrissait presque à tous les coups sur la décalcomanie Malabar qui illustrait sa petite paume.

Il était seize heures, et ça faisait déjà quatre heures qu'en pleine fournaise, Lisa et Kéma traquaient le pigeon. Tout à coup, la rue se mit à valser. Le trottoir s'envola vers le linge aux fenêtres. Les ménagères et leurs cabas tournoyèrent au milieu de la rue. Lisa se sentit d'un coup toute vide. Le mouvement dans ses yeux se fit de plus en plus violent. Puis, ce fut le noir.

— Mamma Lisa, Mamma Lisa ! hurlait Kéma, penché sur sa mère évanouie.

Des buveurs de pastis au frais accoururent. Ils soulevèrent le corps pour le déposer à l'ombre sur le carrelage du « Bar aux Oiseaux ». Le patron se précipita sur le trottoir d'en face, et, en guise de téléphone, mit ses mains en porte-voix autour de sa bouche et appela :

— Oh, docteur !... Docteur Grignan !... Docteur Grignan !

Au troisième étage du vieil immeuble, un petit

homme à lunettes, un stéthoscope autour du cou, apparut à la fenêtre grande ouverte.

— Et alors, qu'est-ce qu'il y a ? lança l'homme sur un ton jovial. Encore un de tes alcooliques qui supporte pas l'eau dans la mauresque ?

— Non, c'est une dame dans la rue !... Elle a fait un malaise !

— Je descends.

Dix minutes plus tard, Lisa commençait à reprendre des couleurs, allongée sur le divan en cuir usé du cabinet médical, au troisième étage du vieil immeuble. Elle buvait un verre d'eau sucrée et le docteur lui approcha le ventilateur poussif.

Charles Grignan était un de ces hommes auxquels on ne pouvait pas donner d'âge précis. Entre trente et quarante. Sans signe particulier, si ce n'était un regard où on lisait la gentillesse et la bonhomie. Encore fallait-il qu'il enlève ses grosses lunettes d'écaille !

— La tension est bien basse, fit-il, soucieux. Il y a la chaleur, bien sûr, mais, dites-moi, vous avez mangé ce matin ?

C'est Kéma qui répondit :

— Un peu... On faisait le dernier client, et après on aurait acheté des croissants.

Le docteur Grignan secoua la tête avec une moue compassée et se dirigea vers la pièce du fond. Pendant son absence, Kéma observa le cabinet avec des yeux émerveillés. Il n'y avait pourtant pas de quoi !

Ce qui l'impressionnait le plus, c'était l'espace. Dans sa caravane, c'était la table ou le lit, mais pas les deux. Là, il ne s'était même pas cogné en entrant. Mais ce n'était pas exceptionnel : un mobilier prénapoléonien, un parquet aux lames distendues et des rideaux déchirés qui volaient à l'air chaud de la fenêtre ouverte. Mais il y avait des livres. Beaucoup de livres. Et surtout, sur le bureau, une plume d'oie, plantée dans un encrier. Un bout d'oiseau de luxe.

— C'est beau, murmura Kéma.

Lisa articula avec peine un « oui » fatigué.

— C'est une maison comme ça qu'on aura un jour, Mamma Lisa ?

Les yeux de Lisa devinrent plus humides et elle se contenta de hocher la tête.

Le docteur revint avec un plateau qui débordait de fruits et de pains au chocolat. Lisa et Kéma se précipitèrent dessus sans même un merci.

— Doucement, doucement, fit le bon docteur.

Deux heures plus tard, alors qu'un tiers de soleil seulement dépassait des immeubles d'en face, le docteur Grignan parlait toujours avec Lisa. Kéma, assis par terre, avait déjà barbouillé une dizaine de feuilles d'ordonnance à la plume d'oie.

— Il est doué pour le dessin ce petit, observa tendrement le docteur.

— Peut-être, mais ça lui servira pas à grand-chose au camp où qu'on est, dit Lisa, triste.

— Allons, allons, sois optimiste, Lisa, tout est possible. En plus de la sous-nutrition, je crois bien que tu me fais une bonne dépression. Je vais m'occuper de ça.

Il était comme ça, le docteur Charles Grignan. Infiniment bon. Il avait annulé les autres consultations de la journée pour ne se consacrer qu'à ces deux gitans en naufrage.

La compassion pour règle de vie. L'écoute, le soutien et le médicament en dernière extrémité. Sa passion pour les ouvrages de psychologie et de psychiatrie de tous temps et de partout en avait fait un praticien hors normes. Pas plus compétent, hors des codes seulement.

Lisa s'était lâchée comme jamais, tant cet homme lui inspirait confiance. Comme le prêtre, il la regardait sans désir. Alors, elle lui avait dit, avec son vocabulaire maladroit, son désespoir, son dépit, ses colères contre ce monde injuste. Elle avait mêlé dans sa longue plainte l'insalubrité du campement, l'avenir sans espoir pour son petit qui finirait en prison comme le lui répétaient les cartes, son dégoût des hommes qui ne pensent qu'à ça, le président de la République qui n'avait jamais faim, lui, et les marins des bateaux en escale qui sont tous des menteurs. Charles Grignan avait souri à cette dernière litanie, se demandant ce qu'elle venait faire là.

Tout à coup, le regard de Lisa s'arrêta sur une sphère qu'elle voyait pour la première fois.

— C'est quoi ?

— Une mappemonde, répondit le docteur. La Terre en tout petit.

— C'est où la Russie ?

Le docteur tourna le globe et posa son doigt.

— Là.

— Et nous ?

— On est ici.

La main grande ouverte, le pouce sur la France et le majeur sur la Russie, elle murmura :

— C'est pas bien loin, pourtant.

Et elle ajouta :

— C'est vrai que c'est pas si bas.

Il y eut un long silence que respecta le docteur. En parfait psychologue, il savait écouter les non-dits. Lisa avait toujours la main posée sur la mappemonde. Elle se tourna lentement.

— Vous êtes un homme gentil, monsieur le docteur, dit-elle en préambule... Alors voilà. Je veux demander un bon service. Si j'étais plus bien, ou pas là... Enfin... Je veux dire... Si je serais morte un jour, vous pouvez vous occuper de Kéma tout le temps ? Pour qu'il habite plus au camp ni rien. Avec des sous et la grande école.

— Bien sûr, il faudrait voir, mais on a le temps, fit le docteur, un peu embarrassé. Tu es toute jeune, Lisa. Ton petit malaise n'était pas bien grave. Ne te panique pas, c'est rien. Tu ne vas pas mourir de sitôt. Promets-moi quand même de venir de temps en temps que je te suive un peu...

— Mais...

— Ne t'inquiète pas, pour vous ce sera toujours gratuit.

— Merci... Mais jurez quand même ce que vous avez dit avant pour Kéma, si j'étais morte.

Le docteur eut un grand sourire. Et, en tendant la main à plat, il dit, rassurant :

— Je jure, Lisa.

Elle lança un nouveau « merci », puis elle s'approcha de Kéma et lui redressa le visage d'une main douce. Elle se pencha à son oreille. Le docteur ne saisit aucun mot du long murmure de Lisa à son fils. Cela dura bien cinq minutes. Le tableau était biblique. Comme une Vierge à l'Enfant.

La tête emprisonnée dans la main de sa mère, Kéma ne bougeait pas un seul muscle de son visage. Seul le regard changea. Il se durcit. Terriblement. Puis elle se redressa et dit, cette fois à haute voix :

— Je t'aime, Kéma… Tu seras Gadjo magnifico.

Et brusquement, elle se précipita en courant vers la fenêtre ouverte.

Le corps de Lisa tomba du troisième étage, sans cri. Il rebondit sur l'angle du trottoir et roula au milieu de la ruelle.

Comme si tous les autres bruits s'étaient éteints, on n'entendait plus que le hurlement de Kéma arc-bouté à la fenêtre et retenu fermement par le docteur Grignan.

— Mamma Lisa !… Mamma Lisa !… Mamma Lisa !

Déjà, la foule s'agglutinait autour du corps. Elle était morte sur le coup. « Un acte désespéré », titreraient certainement les journaux. C'était bien plus que cela : un geste d'amour absolu. La belle gitane s'était juste trompée sur la forme : l'arcane du sacrifice, c'était le Pendu. Mais se pendre à quoi ? Le camp n'avait eu droit qu'à un terrain vague. Les services municipaux avaient refusé aux gitans les arbres voisins. Un site protégé… Lui.

Les fau ettes

La cellule. 29 octobre 1988.

Quarante-deux jours. Et quelques heures. Mais Zarkane ne les a pas comptés. Les quarante-deux premiers mètres de sa plongée en apnée dans le monde du silence.

Le premier palier.

Le temps d'installer les habitudes. Les repas à heures régulières. La douche tous les deux jours. Les exercices dans la cour. Le rasage hebdomadaire. Sans miroir. Il a décidé de ne plus se voir jusqu'au jour où il commencerait à remonter.

Par paliers aussi. Trois ou quatre ans avant sa sortie. Pour ne pas devenir fou.

« Descendre lentement, sans geste brusque. Pas de passe-temps régulier au début… Ne pas commencer un journal. Surtout pas. Un peu d'exercice, dehors, de temps en temps. Et se mettre à peindre plus tard. Au deuxième palier. »

Pour ne pas devenir fou.

« En attendant, ajouter chaque jour un geste nouveau. Un seulement. Futile ou important. »

Pour ne pas devenir fou.

Il s'était assis contre la porte le septième jour. N'avait commencé à faire son lit que le dixième. Mouillé les cheveux le vingt-deuxième. Mangé son morceau de pain le lendemain. Ne s'était enquis pour la première fois de la santé du gardien qu'hier seulement. Un détail par jour. Un seul.

Pour ne pas devenir fou.

« Descendre lentement. Sans à-coups. Sans urgence. »

Pour ne pas devenir fou.

Ce matin-là, il a été réveillé par un bourdonnement lointain. Un avion bas dans le ciel, peut-être. Ou dans son rêve. Il ouvre les yeux et fixe : « COUPABL », écrit en lettres de sang sur la porte d'entrée. « COUPABL ». Sans « E ». La même faute d'orthographe que dans le « COUPABL » qu'avait tracé le petit Kéma sur une feuille blanche, à la plume d'oie, le soir du suicide de Mamma Lisa.

Tout à coup, il sursaute. Il vient de s'apercevoir que sur la porte, il n'y a plus que « COUPABL ». Et rien d'autre. Il ne comprend pas tout de suite. « Bon sang, il manque quelque chose. Quelqu'un est venu pendant que je dormais ? » Puis il blêmit et son souffle s'arrête. « Bien sûr qu'il manque quelque chose ! »

Elizabeth et Fanny ont disparu.

Le filtre s'est éteint. Il regarde au plafond. La fresque est là. Ailleurs, où que son regard se pose : rien. Il n'ose pas y croire. Il regarde encore le mur de gauche. Rien. La porte. Rien. Partout. Rien. Au plafond : la fresque. Seulement au plafond. Il ne peut s'empêcher de serrer les poings de plaisir. Et pourtant l'image là-haut est toujours la même. Abominable. Sanguinolente. Il ferme les yeux. Rien. Toujours rien. Paupières vides. Le noir, seulement. Il les rouvre. La fresque est au plafond. Juste au plafond.

Il a réussi.

Cela aura pris six semaines. Six semaines de concentration intense à se tordre l'esprit, à dompter son cerveau. Vaincre l'invisible, détourner l'impalpable. Six semaines à nettoyer la douche, la cour de promenade, et presque toute la cellule de cette vision d'horreur. À la seule force de la volonté. Et imprimer le plafond. Imprimer le plafond. Imprimer le plafond. Quelquefois, pendant quelques minutes seulement. Souvent des heures entières. C'est la soudaineté qui l'a le plus surpris. Il sentait bien depuis quelques jours une différence d'intensité entre l'image du plafond et celle de partout. La fresque était de plus en plus nette. Ailleurs, les contours commençaient à devenir moins clairs. Il se disait que ça allait s'estomper doucement. Et puis, d'un coup, plus rien.

Ne pas devenir fou.

Sa satisfaction est bien plus intense que dans tous les cas où il avait sauvé sa vie *in extremis* dans des traquenards de force et d'armes. Il se sent soudain habité par une puissance surnaturelle. Comme s'il venait de mater Dieu et le diable à la fois.

Invulnérable.

C'est ça, Zarkane est invulnérable.

Le soleil, comme presque chaque jour, transperce la

petite fenêtre. Il va se coller dans l'ouverture, les poings serrés autour des barreaux, et il ouvre les yeux le plus grand possible. Il le fixe jusqu'à la brûlure. Et puis il glisse le long du mur et, pour la première fois depuis bien des années, il pleure. L'invulnérabilité à ce point-là, la première fois qu'il l'avait connue, il avait pleuré aussi. C'était à un enterrement.

Dès le soir où Mamma Lisa s'était donné la mort, le docteur Grignan avait décidé de commencer à tenir sa promesse. Il avait convaincu Kéma de rester avec lui. Il avait quitté le cabinet vers sept heures du soir. C'était la première fois que Kéma montait à bord d'une vraie voiture. Une qui ne volait pas. Qui roulait.

En contrebas des roches claires du Coudon, la vieille Panhard sinuait sur une route poussiéreuse qui n'en finissait pas de grimper. Au détour d'un virage, Kéma, qui n'avait pas dit un mot depuis le départ, ordonna :

— Arrêtez-vous !

— Il y a un problème, petit ? s'inquiéta le docteur en se garant sans attendre.

Kéma tendit son bras par la portière en pointant l'horizon. La mer finissait d'avaler son soleil du jour. Un couchant pourpre et jaune d'une beauté infinie.

— C'est joli, fit Kéma à mi-voix.

Le docteur attendit avant de parler. Pour ne pas casser la magie de l'instant, et surtout pour ne pas se tromper de mots.

— Tu vois, Kéma, ta maman habite là maintenant.

Dans le soleil. En ce moment, elle se couche doucement et demain matin elle reviendra. Et à chaque jour nouveau, elle t'accompagnera.

Le docteur tentait là une adaptation personnelle et un peu maladroite d'une ancienne théorie piochée dans ses livres de chevet. Un placebo pour deuil, assurant qu'il fallait matérialiser l'absence en l'associant à une présence naturelle immuable : le vent, la pluie, les arbres, la pierre, etc. Il avait choisi le soleil. Il y eut un long silence, et Kéma, le regard sombre et la voix sûre, revint à une réalité bien moins poétique :

— On l'enterre quand ?

— Euh… Dans deux, trois jours, je pense.

— On l'enterre où ?

— Dans le village le plus proche du camp, au Revest je suppose.

— Allez, on s'en va !

Le docteur Grignan s'exécuta et démarra. Il s'en voulait de cette tentative maladroite de psychologie curative de bibliothèque. Il culpabilisa. Il réalisa qu'en réalité, il s'était servi de Kéma un peu comme cobaye de ses thérapies improbables. Il se dit qu'avant d'essayer une nouvelle approche puisée dans ses remèdes sans ordonnance, il devait en rester, pour l'instant, aux anxiolytiques traditionnels qui atténuent, eux, la détresse à coup sûr.

Au dernier virage, avant que la vue de la côte ne disparaisse, Kéma pencha la tête par la portière. Il se tourna vers la mer qui avait fini tout juste de manger le soleil. Et après avoir embrassé la décalcomanie dans la paume de sa main, il envoya un baiser à l'horizon. Le docteur sourit, fier de lui.

Ils firent encore une poignée de kilomètres, et la Panhard bifurqua à droite sur un minuscule chemin de pierre. Un vieux panneau de bois, dont le mauvais temps avait rongé le milieu, pendait à une chaîne rouillée clouée à un olivier. On y distinguait à peine, écrit en lettres blanches passées : « LES FAU ETTES ».

— Bienvenue aux « FAUVETTES », Kéma, la maison de famille ! lança le docteur Grignan.

Kéma se tassa dans le siège. Ça l'effrayait un peu de voir beaucoup de monde. Ainsi, le docteur avait donc une maison rien qu'à lui à Toulon et celle-là pour toute la tribu. Quand il découvrit l'immense bâtisse à deux étages, il se tassa encore plus. « Ils doivent être au moins cent, là-dedans », se dit-il, en pensant au camp où certains vivaient à sept dans une seule caravane.

En fait, les deux seuls habitants du lieu, avec le docteur, se tenaient sur le pas de la porte. Charles Grignan avait prévenu par téléphone Emma, sa vieille sœur, et Clovis, son fils, de la délicatesse de la situation. Ceux-ci avaient poussé la compassion jusqu'à s'être habillés un peu mieux pour la circonstance.

Emma en fit un peu trop, comme d'habitude, en serrant Kéma dans ses bras jusqu'à l'étouffer. Clovis tendit sans un mot une petite main molle et boudinée, avec son sourire jovial de petit gros. La beauté et la taille de Kéma le fascinaient déjà. Il le regardait comme les grands de terminale à l'école, alors qu'ils avaient sensiblement le même âge. Et Kéma, escorté de sa nouvelle famille, passa le pas de la porte sans savoir que cette maison serait celle de ses plus beaux bonheurs et de ses pires cauchemars.

Le docteur lui avait donné la grande chambre des « invités de loin ». Elle était d'habitude réservée à des amis d'université, qui venaient, de temps en temps, lui rendre visite de Paris, de Clermont-Ferrand ou de Lyon. Du Grand Nord, donc, comme il en plaisantait parfois. C'était le seul humour qu'il goûtait. C'est dire si le lieu, le langage qu'on parlait ici, les habitudes semblaient tout droit sortis d'un roman de Marcel Pagnol, qu'il vénérait.

Kéma ne dormit pas la première nuit. Enfin, pas dans son lit. Il n'était assoupi que depuis un quart d'heure lorsque, au petit jour, Emma le découvrit couché par terre en lui portant le petit déjeuner. Elle s'apprêtait à le réveiller, lorsqu'elle avisa près de sa main, au sol, une feuille blanche sur laquelle était écrit « COUPABL ». Elle en fut bouleversée, posa le plateau sans bruit, remit à sa place sur le secrétaire la plume d'oie qui traînait par terre, et s'enfuit en murmurant des « Mon Dieu, Mon Dieu ! », jusque dans la cuisine.

— Il ne manque plus que lui dans cette histoire ! lança le docteur. Faut dire qu'on se demande où il est depuis le début, ton Dieu !

— Tais-toi, Charles, tais-toi ! fit Emma en se signant.

Il n'y avait bien que ça qui séparait le frère et la sœur. Elle croyait, il blasphémait.

— Toi, si bon, si généreux, si dévoué aux autres, comment peux-tu parler ainsi ? s'énerva Emma, comme elle le faisait à chaque fois qu'ils abordaient le sujet.

— S'il faisait son boulot, je ne serais pas obligé de le faire à sa place. Il s'occupait de qui, hier ? Des joueurs de belote, quand la petite a sauté par la fenêtre, hein ?

Emma se signa à nouveau trois fois et murmura :

— Dieu ait son âme.

— Justement, il en veut pas, ton Dieu ! Les suicidés n'ont pas droit à l'église. Alors, encore une fois, je vais faire le boulot pour lui. J'ai certifié que c'était un accident, qu'elle avait basculé par maladresse. Comme ça elle aura droit à son paradis. Moi, je n'y crois pas, mais elle, elle y croyait. Alors, on lui devait bien ça.

— Tu iras en enfer ! prophétisa Emma.

— J'espère bien ! répondit Charles.

En haut de l'escalier, Kéma était debout, immobile. Il se contenta juste de dire, en guise de bonjour :

— Moi aussi, j'irai.

Deux jours plus tard, le mistral était déchaîné. Comme une soufflerie géante qui enfournait la tribu du camp au complet dans la porte de l'église du Revest.

C'était un petit village tranquille, perché haut. À l'arrivée des gitans, les volets s'étaient fermés. Pourtant, ils ne venaient rien prendre. Au contraire, ils allaient laisser à leur terre une des leurs. Il en est ainsi des nomades qui sèment des corps sur leur route dans tous les cimetières du monde. Les migrants partent et leurs morts restent. Une trace d'âme, à égalité de croix avec ceux d'ici ou là.

Le docteur Grignan, Emma, Clovis et Kéma attendirent que tout le monde soit entré pour se diriger vers le lieu saint, dont les cloches égrenaient l'Ave Maria. Pas de chants, pas de guitares, contrairement à ce que laisse supposer l'imagerie populaire. Seulement des prières et des larmes.

Le cercueil était recouvert de la plus belle robe de Mamma Lisa. Kéma s'avança seul dans l'allée centrale, s'agenouilla sans se signer et embrassa le tissu du vêtement. Puis il se tourna vers la tribu, se redressa, comme pour se faire plus grand, et, à l'étonnement de tous, se mit à parler :

— Maintenant, tout le monde s'en va !

Il y eut un long silence et personne ne bougea.

— Vous avez compris ce que j'ai dit ? Tout le monde sort de l'église. Personne de vous a le droit d'être ici ! Dehors !

Il avait hurlé.

Pendant qu'un murmure de reproche montait dans la nef, le père Huce le prit doucement par le bras.

— Allons, Kéma, va t'asseoir, je comprends ta peine, mais ici…

Kéma le coupa :

— Toi, tu feras l'enterrement après, d'abord ils sortent.

Ce fut Mirko, l'aîné des frères, qui intervint :

— Oh, Kéma, c'est quoi, ça ?

Kéma lança, sur un ton autoritaire :

— Toi en premier, et puis toi et toi, désignant Manolo et José.

Puis sa voix redevint celle d'un enfant. Elle en fut encore plus effrayante.

— Avant de mourir, Mamma Lisa m'a tout dit. Tout ! Mon vrai père sur le bateau russe, les coups de pied, les coups de ceinture. Et que vous lui avez dit de pas dire que c'était ma vraie maman. Et elle, elle a pleuré, elle a eu mal et elle a sauté. C'est à cause de vous tout ça ! Tous, parce que tout le monde il a rien dit. Tous des salopards, vous êtes, alors vous partez !

— *Hijo de puta !* cria Mirko en se lançant dans l'allée, menaçant.

Les deux autres frères le rattrapèrent par le bras en criant :

— Arrête, Mirko, arrête !

— Non, lâchez-le ! ordonna Kéma. Viens Mirko, viens !

Et il sortit brusquement de sa poche un long couteau de cuisine volé chez le docteur.

Manolo et José lâchèrent Mirko qui s'approcha, lentement, les bras écartés, sourire aux lèvres. Du haut de son mètre quatre-vingt-dix, il paraissait immense face à l'enfant pourtant grand pour son âge. Il se colla au couteau. Kéma, tête renversée, le fixa dans les yeux et lui lança, à nouveau avec une voix d'homme :

— *Hijo de puta*, c'est toi !

Et il lui tendit le couteau.

— Vas-y, perce-moi ! provoqua Kéma. Vas-y, fais le bandit ! T'as tapé la mère, crève le fils. Là, maintenant. Dans l'église. Et puis après, va la cogner, elle, ajouta-t-il en montrant la statue de la Vierge.

Mirko tremblait de tout son corps. De haine. Il y eut un long silence. Puis, il se retourna brusquement, et fit signe à tout le monde de le suivre. Et très vite, les bancs se vidèrent et toute la tribu se dirigea vers la sortie, sans un mot. À peine quelques pleurs de vieilles femmes.

— C'est ça, va-t'en !… Va-t'en tous ! Dehors tous !… Salauds !… Assassins ! hurlait Kéma.

Ce fut le docteur qui vint le calmer.

— Arrête Kéma, arrête. Ça y est, ils s'en vont. Arrête.

La cérémonie fut courte. Il n'y avait plus dans l'église, en plus du prêtre et de ses enfants de chœur, que Kéma, le docteur Grignan, Clovis, Emma et deux bigotes en larmes forcées qui s'étaient glissées au fond. Quand ce fut terminé, le père Huce réquisitionna quatre joueurs de pétanque sur la petite place d'en face pour porter le cercueil jusqu'au cimetière voisin.

Kéma retint ses larmes jusqu'au bruit sec de la première poignée de terre. Le claquement le fit sursauter. Il s'était maîtrisé jusque-là, mais ce sceau ultime déclencha des sanglots convulsifs. Son regard ne quittait pas le trou qui venait d'engloutir sa Belle en bois dormant. Le docteur essaya de l'entraîner, mais il le repoussa en ordonnant :

— Laissez-moi tout seul !

Ce qu'il ressentait était bien plus que de la détresse. Inqualifiable, le mot n'existe pas. Et, en même temps, une force inconnue de lui jusque-là semblait habiter tout son être. La puissance de l'irréversible. Presque une jouissance. Un mélange d'euphorie et de chagrin extrêmes que connaissent bien tous les blessés graves de l'âme. Cette impression diffuse que rien ne pourra être pire. Donc, presque une envie incongrue de sourire. Paradoxalement, une sorte de bien-être. C'est ça… Une jouissance. Mais inavouable tant elle aurait pu paraître indécente en ces circonstances. C'est pour cela qu'il avait demandé à tout le monde de s'éloigner. Pour pouvoir sourire à Mamma Lisa sans en avoir honte. Sans qu'on puisse douter de son chagrin. Il le fit.

Une heure plus tard, alors que Charles, Emma et Clovis l'attendaient dans la voiture, Kéma était toujours debout, impassible au pied de la tombe. Invulnérable. Pour la première fois de sa vie. Avant de quitter le cimetière, il fixa le soleil qui commençait à descendre derrière les cyprès, envoya un baiser à l'horizon, et murmura : « À demain Mamma Lisa. »

À peine entré dans le véhicule, il dit au docteur :

— Vous n'êtes pas obligé de tenir ce que tu as juré à Mamma Lisa. Mais me ramenez pas au camp s'il te plaît. Laisse-moi sur la route.

— Il n'en est pas question ! dit Charles sur un ton autoritaire.

Puis il s'adoucit :

— Enfin, si tu le veux bien… Et puis à partir de maintenant, tu vas me tutoyer… Parce qu'entre les « vous » et les « tu », ça s'emmêle un peu.

Et il fit un grand sourire au rétroviseur. Kéma le lui rendit. Et Emma se mit à pleurer, évidemment.

Puis, plus personne ne parla. La voiture démarra en cahotant. Au hasard d'une secousse, la main de Clovis glissa sur celle de Kéma qui la retira d'un geste brusque avec un regard noir pour le « petit gros ». Quelques instants plus tard, il la lui tendit avec un grand sourire. Et ils restèrent ainsi, les doigts enlacés jusqu'à l'arrivée. Déjà frères.

Le soir aux Fauvettes, ils dînèrent dans un silence pesant. Au fromage, le maître des lieux décida de prendre la parole. Il avait attendu l'instant propice. Encore une fois pour ne pas se tromper de mots. En rentrant du cimetière, il avait quand même pris la précaution de fouiller dans la bibliothèque pour tenter d'y dénicher un remède de phrases-clés. Mais, ne trouvant dans aucun des livres anciens quelque chose d'approprié à cette situation si complexe, il décida de laisser parler son instinct. Sa psychologie à lui. Sans béquilles de bibliothèque.

— C'est très courageux ce que tu as fait, petit. Mais ça ne changera rien à ta douleur. Tu crois être coupable pour la mort de Mamma Lisa, parce qu'elle s'est sacrifiée pour toi. Tu l'as écrit. Avec une faute, d'ailleurs, il faut un « e » à la fin. Mais écoute bien ce que je vais te dire : si tu ne pardonnes pas aux autres, tu ne te pardonneras jamais à toi.

Charles réalisa soudain qu'il parlait à un enfant de

onze ans. Depuis l'attitude de Kéma à l'église, il le voyait comme un homme. Il se dit que, sans doute, la formule était trop alambiquée. Il simplifia.

— Quand tu fais du mal aux autres, tu t'en fais à toi, Kéma.

Kéma releva la tête, attrapa le couteau à pain et, d'un coup, se trancha le petit doigt de la main gauche, en disant calmement :

— Pas Kéma… Zarkane, maintenant.

Le jet de sang fut impressionnant. L'impassibilité de Kéma, encore plus. Il ne montra aucun signe de douleur, le regard fixe. Emma hurla. Clovis tourna de l'œil tandis que le docteur se précipitait pour arrêter l'hémorragie. L'automutilation avait été soudaine. Une pulsion imprévisible. Charles Grignan en fut très choqué. Et, réflexe immuable chez lui, le praticien des âmes prit tout de suite le dessus sur le médecin des corps. Il chercha immédiatement une explication psychologique à ce geste d'une violence extrême.

Pendant qu'il soignait Kéma, il se mit à échafauder tout un tas de théories justificatives. Toutes partaient, évidemment, de la culpabilité. Mais de là à accomplir un acte aussi brutal ! Surtout pour un enfant de son âge. Il se posait tout un tas de questions sur sa propre responsabilité, les prémisses d'un deuil, la non-reconnaissance paternelle. Ainsi, dès que la plaie de Kéma fut totalement cautérisée, il se précipita dans la bibliothèque pour tenter de trouver des réponses dans ses livres. Une seule ne s'y trouvait pas. Mais, totalement étranger aux arts divinatoires, il ne pouvait pas le savoir : le Pendu des tarots, la carte préférée de Kéma, en plus d'être l'arcane du sacrifice, était aussi celui de l'expiation.

Un peu plus tard, Kéma dormait, assommé par la morphine. Emma et le docteur étaient à son chevet dans une semi-obscurité. Charles feuilletait un livre ancien.

— Tu vois, Emma, c'est ce que je pensais. « L'auto-punition, même si elle est un corollaire logique de la culpabilité, n'est pas un acte désespéré marquant une fin. Elle peut être, au contraire, le début d'un inversement de la courbe de dépression. Elle peut même mener parfois à un dépassement du point d'origine pour conduire à une euphorie supérieure à l'état prétraumatique. »

Emma se contenta de murmurer :

— Tu es fatigué, Charles. Va dormir, moi, je reste.

Charles se leva, cent fois plus lourd que d'habitude. Encore une fois, il avait dû se tromper de mots. Emma soupira :

— Qu'est-ce qu'on va faire de lui ?

— Un homme, Emma, un homme. Mais ça prendra du temps. Toute sa vie. Pour faire un enfant, il faut neuf mois. Pour faire un homme, il en faut douze… Douze par an !

— Il parlait bien monsieur Pagnol, fit Emma, admirative.

Le docteur sortit sans un mot. Fier de lui. Parce que cette fois, le grand Marcel n'y était pour rien.

Dehors la lune claire et pleine éclairait les « restanques ». Dévalant ces escaliers de lumières, des lièvres se sauvaient. Le mistral s'était éteint. Il ne restait qu'un souffle doux trimbalant en bouffées des fragrances de thym et de lavande. La petite fontaine grésillait au fond de la cour. Une quiétude de cinéma. Un plan de situation idyllique pour film à l'eau de rose. La bande-annonce des sept années à venir. Le début du bonheur. Comme des nénuphars naissant à la surface d'une mare boueuse. La vraie vie était en marche. Sans cris ni crimes. Sans horreurs ni heurts. Sans attendre. Là, maintenant. Au moment où on ne l'espérait plus.

Kéma dormait. Contrairement à ce qu'il avait prétendu, il n'était pas Zarkane. Pas encore. Il ne deviendrait Zarkane que beaucoup plus tard. Zarkane le méchant. Zarkane le tueur. Le Zarkane qui passerait quinze ans en prison pour un double meurtre.

Qu'il n'aurait pas commis.

La Vierge vieille

La cour. 24 décembre 1992.

Le portique ruisselle d'eau glacée. Zarkane se hisse à la force des bras en grimaçant. Le gardien, à l'abri, lui, ne peut toujours pas détacher ses yeux de cette démonstration étonnante de puissance pure et de volonté. La lumière blafarde du réverbère sculpte à merveille le corps ruisselant et impeccablement découpé. Zarkane se lâche enfin, se réceptionne au sol avec une souplesse de chat et secoue longuement ses bras tétanisés.

— Tu en as fait cent dix, lance le gardien, qui sait bien que Zarkane ne compte jamais.

— Pas mal avec un temps pareil ?

— Tu m'étonneras toujours.

Et les deux hommes remontent lentement l'escalier qui mène à la cellule. Arrivés devant la porte, le gardien pose la main sur l'épaule de Zarkane qui marche devant lui. Pour attirer son attention. Par désir aussi.

— C'est Noël, tu veux pas manger à la grande table ?

— Non, répond Zarkane comme à chaque Noël. Ne pas devenir fou.

C'est le quatrième hiver depuis l'incarcération. Quatre ans, déjà. Papier calque ou presque. Une reproduction quotidienne des mêmes silences, des mêmes gestes, des mêmes sommeils. Dehors, le monde a bouillonné. Des craquements immenses, des révolutions. Ici, les seuls « grands événements » furent vertigineusement anodins. Mais il fut bien obligé d'en faire son exceptionnel.

Pour ne pas devenir fou.

Dehors, des milliers de morts, des accidents, des cyclones. Ici, une araignée écrasée du talon, une coupure en se rasant et une fuite à l'évier. Dehors, des couronnements, des naissances, des buildings sortis de terre. Ici, une accolade pour l'anniversaire du gardien, la visite d'un papillon égaré, et une chaise supplémentaire. La dictature de l'ordinaire qui impose aux détails d'avant une exagération salvatrice.

Tous les solitaires le savent, quand le plus petit insecte devient un visiteur, et le moindre cliquetis une musique de fond.

Zarkane ne tient toujours pas de comptes des jours passés. De ses mètres de plongée. Il sait juste qu'il descend encore. Normalement, il doit avoir déjà gagné douze mois sur la condamnation de départ. Trois mois de remise de peine par année effectuée. Mais il sait aussi que c'est une faveur, pas un acquis. Et qu'au moindre écart grave, l'indulgence peut s'effacer. Quelque deux cent cinquante mètres en moins à faire quand il remontera. C'est déjà ça !

Ce soir, Zarkane se sent bien. Physiquement, comme après chaque séance de musculation. Et dans la tête aussi. Il aime la pluie, si rare ici. Les *pizzicati* de ses gouttes le ravissent. L'inspirent même. C'est quand il pleuvait dehors qu'il a peint ses plus belles toiles.

Ce n'est qu'au bout d'un an d'enfermement qu'il s'était remis à manier les pinceaux. Depuis, il avait « composé » pratiquement une toile par semaine. Des chefs-d'œuvre. Toutes. Forcément. Magnifiées par leur éphémère. Des jetés d'âme, de souffrances, de sentiments d'une violence inouïe, en éclats d'ambre, de pourpre et d'or. Étrangement, aucun noir. Rien de sombre. Des soleils, des corps luisants, des fleuves bleu océan. Et puis, il y avait surtout le rituel qui leur donnait à chaque fois la valeur suprême : la destruction. « Le temps de vie de l'œuvre doit s'arrêter à sa conception. » Son credo d'artiste qui avait toujours été son bonheur absolu et la frustration de tant d'autres.

Dans le tableau planté sur le chevalet en plein milieu de la cellule, il manque encore quelques notes. Zarkane peint en musique. Dans le silence. Mais chaque touche de peinture chante en lui. Il compose réellement, avec les notes qui lui viennent. Ou, d'autres fois, il fait résonner en lui les chefs-d'œuvre des grands : Mozart, Verdi, Beethoven, Wagner. Rossini, plus souvent. Les accords blanc-jaune, le lento d'une courbe de sein, le tempo des arbres au vent, les bémols pastel et les unissons flamboyants le portent. Et sa peinture explose, rare, sensible. Unique.

« Peintre symphonique », comme disaient les aficionados de ses heures de gloire. Des privilégiés qui, à l'époque, payaient très cher le plaisir rarissime d'assister à la vie d'une œuvre de sa création à sa mort. À la coda, une fois le dernier coup de pinceau joué, les spectateurs triés sur le volet applaudissaient, comme à la fin d'un concert. Alors, Zarkane saluait et commençait lentement à détruire la partition. Au cutter. De longues balafres en tous sens. Et après avoir arraché les lambeaux du cadre, il enfermait sa musique peinte morte dans un sac poubelle et brûlait le tout. Aujourd'hui, c'est le gardien qui s'en charge.

C'était au temps du grand bonheur. Celui des années quatre-vingt. La deuxième plage heureuse de sa vie. Celle qui dura cinq ans. L'autre, celle d'avant, à partir de 1964, en avait duré sept. Sept ans de réfection. De remise à jour. Reconstruire l'enfance démolie, de tiédeur en sourires. Pour gagner la chaleur et le rire.

Le bonheur est une somme. Le malheur, des détails. Quand Zarkane repense aux années de quiétude, c'est comme une nappe blanche dont il ne peut se rappeler chaque broderie. De ses années d'enfer, nappe grise, il se rappelle chaque mauvais pli, chaque tache, chaque accroc. Il en est ainsi de nos mémoires, amnésiques des reliefs du très beau et poinçonnées avec précision de chaque insupportable.

Les Fauvettes virent Kéma grandir. Physiquement, d'abord. D'enfant beau, il devint adulte sublime. Le torse large. Le visage sculpté sous de longs cheveux blonds. Il se construisit aussi, sur des ruines de souffrance, une conscience nouvelle. Le docteur Grignan le poussa vers une éducation à laquelle, en mémoire de Mamma Lisa, il ne rechigna jamais. Excellent élève, intelligent, doué pour les arts graphiques, poli et appliqué, il passait allègrement et avec la même facilité des agrès des gymnases aux calligraphies des bibliothèques. Un premier de la classe, en somme. Et bienveillant, en plus. Il traînait tant bien que mal dans son sillage les limites de Clovis, peu éveillé et trop en chair. Mais c'était son frère. Pour de vrai, dans sa tête et dans son cœur. Le petit gros le lui rendait au centuple par un attachement frisant l'idolâtrie.

Voilà !

Que dire de plus d'un septennat de bonheur sans secousses ?

Des vacances qui dégoulinaient de rires et de sable. Des Noël cocons aux boîtes multicolores remplies de panoplies d'Indiens et de Meccano. Des repas de famille gais, à la fin desquels personne ne mangeait le trognon des pommes. Et la tendresse toujours aussi pagnolesque d'un Papa Charly un peu chagriné de ce surnom moderne. Il aurait préféré « Papet », même si ça vieillissait. Il n'avait que quarante ans.

Il y eut bien quelques effilochages à la nappe blanche. Des arrêts bonheur parce que la vie est ainsi et que l'ordre des choses l'impose.

D'abord, le premier chagrin d'amour à cause de

Sarah, à quatorze ans. Et la méthode de « fixation » du prisonnier de 1789. Une blessure sans séquelles.

Le deuxième accroc survint avec la mort d'Emma. Elle partit d'une « embolidre », comme maître Panisse, au printemps 1968. Juste avant la guerre des moutons. Celle pendant laquelle les jeunes en troupeau bêlaient des slogans trotskistes à chaque coin de rue. Cette révolte n'avait pas concerné Kéma. Elle était trop collective pour lui. Réminiscence de tribu, il se méfiait des emportements de groupe. Et, visionnaire, il prévoyait que ces mutins-là finiraient sûrement, dans trente ans, embourgeoisés, pataugeant avec délectation dans la fange qu'ils vomissaient. Prémonition. Sans doute les gènes du don de Mamma Lisa.

Emma, toute en rigueur et en prière, quitta ce monde fin avril. Comme pour ne pas voir ça. Ce fut la première fois que Kéma peignit un tableau entier. Jusque-là, il s'était contenté d'esquisses. Il voulait peindre des émotions, pas des matières. Et le bonheur soyeux d'une vie sans larmes ni exaltation ne l'inspirait guère. La mort de « Ma », comme il l'avait abrégée affectueusement, l'avait beaucoup marqué. Le cancer des os l'avait fait partir dans d'immenses souffrances. Malgré des mains qui lui faisaient atrocement mal, elle continuait à égrener chapelet sur chapelet. La dévotion à son paroxysme. Ou le comble de l'absurdité si Dieu n'existe pas. Mais dans ce cas-là, lui seul le sait.

Kéma demanda à Papa Charly la permission de passer la seconde veillée du corps, seul avec Emma et ses pinceaux. Il peignit au début avec Gustav Mahler, puis continua avec sa partition intérieure.

Au matin, le tableau était achevé. Le visage flétri de la vieille dame, parfaitement ressemblant, était posé sur un corps de jeune femme en habits blancs, mains écartées, les paumes tournées vers le ciel. La Vierge vieille. Le docteur en fut profondément ému. Le plus beau cadeau à Emma.

Kéma était passé au-dessus de son ressentiment. Au fond de lui, tout en peignant, il maudissait ce dieu de pacotille qui déchirait de douleur ses plus fidèles et poussait les mamans par les fenêtres. L'émotion était justement dans ce dépassement de lui pour n'être que le regard d'Emma sur elle-même. Autoportrait posthume. Le tableau était sublime. Emma était la Vierge Marie, et, malgré les rides, conservait son visage pur et son regard plein d'amour.

Charles se dit que ce gamin avait un fichu talent.

Le soir de la mise en terre, le docteur et Kéma accrochèrent le tableau dans la grande salle à manger.

— Après le bac, j'irai t'inscrire aux Beaux-Arts, à Marseille, fit Charles.

— J'irai moi-même, répondit Kéma. On sait jamais, tu pourrais la croiser.

— Tu as raison, murmura le docteur en baissant la tête.

C'était le troisième accroc à la nappe. Papa Charly s'était interdit Marseille. Parce qu'« elle » vivait là-bas. Quelque part dans une très belle villa, aux dernières nouvelles. Avec son chirurgien. Elle l'avait quitté quand Clovis avait un an. Un coup de foudre, avait-elle prétendu. En réalité, une fuite de confort. Et un espoir de bague à chaque doigt.

Au début de leur mariage, Orane et Charles Grignan avaient une grande ambition : un cabinet de psychiatrie. Une spécialité lucrative, présageant tous les avantages d'une notabilité haut de gamme. Et puis, Charles, le bon docteur, avait renoncé par altruisme. Tant de pauvres gens. Tant de laissés-pour-compte.

— Mais, tu es fou ! s'était insurgée Orane, tu ne vas quand même pas rester généraliste toute ta vie !

Et elle ajouta, pour ne pas se dévoiler :

— Avec le talent que tu as !

Charles ne céda pas. Et un mois plus tard, Orane quittait les Fauvettes. Après un dernier simulacre à vomir :

— Je ne veux ni te mentir, ni te trahir, tu ne le mérites pas. J'aurais pu me contenter de faire de Pierre mon amant, comme toutes ces dévergondées, mais il ne s'agit pas d'une histoire de corps. Ma passion amoureuse est plus forte que moi. Cet homme m'a envoûtée. Alors, je pars. Tu souffriras sûrement beaucoup au début, mais après tu oublieras. En fait, tu auras peut-être plus mal, mais moins longtemps. Et te savoir malheureux toute ta vie m'est insupportable.

Ah, la belle âme ! La superbe compassion ! Le pire, c'était que Charles l'avait crue et l'en aimait encore plus. Il l'écoutait sans la maudire, et bien plus, en l'admirant presque. L'amour est aveugle. Ne faudrait-il pas aussi qu'il soit sourd ?

— Je te laisse Clovis, ajouta-t-elle. Je sais que ce

que je fais est atroce. Mais je ne veux pas imposer à ce petit la présence d'une mère indigne. Je ne mérite pas qu'il s'attache à moi. Là, il est encore tout petit, il m'oubliera. Crois-moi, ma souffrance est terrible. J'ai l'air coupable mais la victime, c'est moi. Et toi aussi, bien sûr, Charles. Mais toi, tu es tellement bon, tellement pur. Je veux qu'il ne ressemble qu'à toi.

Et elle s'en fut, après cette confession mentie, la conscience absoute, pour vivre ses plaisirs et ses besoins de luxe sans un enfant fardeau. Le péché était pour elle, mais la pénitence fut pour lui.

Papa Charly confia le douloureux secret à Kéma, un soir de Noël, après quelques verres de trop.

— Surtout, n'en parle pas à Clovis. Je lui ai toujours dit qu'elle était morte. Disparue en mer, pour qu'il ne réclame pas d'aller sur sa tombe.

Ce fut la seule fois en sept ans où Zarkane pointa derrière Kéma. Avec cet étau au ventre. La haine en bouffées. L'envie d'égorger cette « sale pute ». Et le souvenir de Mamma Lisa. L'absolu contraire. Sa Vierge à lui.

Papa Charly ne parla plus jamais d'Orane. Et Kéma se posait des tas de questions.

Comment un tel homme avait-il pu aimer une telle femme ? Ne l'avait-il pas tout bêtement choisie pour son prénom, celui de l'actrice favorite de Pagnol ?

Comment avait-il pu survivre à ça, sans détester la nature humaine et sans envie de vengeance, puisqu'il ne semblait même pas lui en vouloir ? Alors quoi ? Pardonner aux autres pour se pardonner à soi, comme il le lui avait répété cent fois ? Mais, qu'est-ce qu'un homme aussi brave que lui pouvait-il avoir à se pardonner ?

Ainsi donc, une amourette déçue, une mort dans l'ordre des choses, et un secret de famille furent les seuls accrocs à cette période pendant laquelle Kéma se construisit dans la norme. Et de bout de nappe blanche en bout de nappe blanche, sept belles années s'écoulèrent, sans déchirures ni reprises, jusqu'à l'été 1971 où tout bascula un soir de juin et de pleine lune.

Depuis quelque temps, Kéma et Clovis traînaient de plus en plus à Toulon. La ville était belle, vivante. De cinémas en boutiques à flippers, de terrasses ensoleillées en jeux de plage, les deux inséparables vivaient leur bonheur de jeunes sans en laisser échapper une miette. Papa Charly en était ravi.

Le bac en poche, et l'inscription aux Beaux-Arts de Marseille sollicitée, l'été s'annonçait superbe pour Kéma. Les filles en étaient folles. Et Clovis l'admirait de plus en plus. « Frangin », comme l'avait surnommé Kéma, avait eu une année scolaire difficile. Il était question à présent de le lancer dans un apprentissage manuel. Avec les filles, le petit gros, évidemment, avait les pires difficultés. C'est pourquoi, ce soir-là, Kéma avait décidé de l'aider à se déniaiser. À Chicago, bien sûr. Chicago dans les rues duquel fourmillaient la plupart des quelque dix mille matelots du port. C'est dire le nombre de petits bars et de filles dociles. Un gigantesque supermarché du plaisir. Avec des « marchandises » plus ou moins fraîches posées sur des étalages en pierres vieilles.

La soirée avait commencé sur la plage. Kéma et Clovis retrouvaient là, les soirs de vacances, une bande de copains formée au hasard des cours d'école et des terrasses de bistrots. Une horde de mobylettes et de solex sauvages était rangée en épi. Sur le sable ils étaient vingt, vingt-cinq peut-être, entre seize et dix-huit ans. Et Kéma superstar. Chef de bande. Le plus beau et le plus fort. Le plus intelligent aussi.

Christian et Pascal étaient les deux sous-chefs. Christian Leroy, c'était le « Jeji ». Le « fou ». Un casse-cou prêt à se battre sous n'importe quel prétexte. Pascal Fortoni, lui, passait son temps à raconter les exploits de ses oncles de Propriano, des Corses qui cumulaient un demi-siècle de prison à eux deux. On parlait de gangs. On rêvait de casses exceptionnels. Mais ça n'allait jamais plus loin. Même pas un larcin. Juste des rêves de faux durs nourris aux polars noir et blanc du cinéma des années cinquante. On parlait aussi de football et de voitures. De quoi voulez-vous que parlent les hommes, quand la politique ne les intéresse pas encore ?

Et puis, surtout, on parlait de filles. De celles qu'on mentait avoir eues. De celles qu'on aurait un jour. Et de celles qu'on pouvait avoir tout de suite avec un peu d'argent. Des filles, il y en avait dans la bande. Cinq ou six, avec qui chacun avait au moins flirté une fois, sauf Clovis, bien sûr. Le passage des gamines de l'un à l'autre n'avait jamais provoqué la moindre altercation, c'est dire l'amitié qui liait la bande. Et puis, il avait été convenu entre eux que ça ne dépasserait jamais le baiser sur la bouche. Surtout ne pas gâcher la belle amitié. Des filles qui s'allongeaient plus vite qu'elles se relevaient, il y en avait partout ailleurs. Et surtout dans Chicago. Alors, c'était de l'amitié, juste de l'amitié. Même si Kéma avait un petit quelque chose de plus pour Betty, la fille de la librairie du port, la plus jolie, bien sûr. Il lui avait même offert un coquillage avec son nom à l'intérieur. Un cadeau pour touriste, mais, bon, c'est le geste qui comptait.

Cette nuit-là, on y voyait presque comme en plein jour.

— La pleine lune, ça fait bander ! plaisanta le Jeji.

— Ça tombe bien, enchaîna Kéma en prenant Clovis par la main.

Et ce fut sous les acclamations rigolardes de toute la bande qu'ils quittèrent la plage. Tout le monde était informé que l'heure de gloire du Frangin avait sonné. Clovis salua tout le monde en faisant par anticipation le « V » de la victoire. Ils enfourchèrent leurs mobylettes direction Chicago. Kéma décida qu'ils entreraient dans le quartier par les premières rues à l'est. Il voulait éviter la rue du Canon. Il n'y avait jamais remis les pieds depuis la mort de Mamma Lisa. Même quand Papa Charly le lui conseillait. Encore les vieux livres et leur thérapie incertaine : « Revenir sur les lieux d'un traumatisme pour désacraliser l'endroit. »

Elles étaient une douzaine dans la première rue. Dans une ambiance de film avec Gabin. Mais en couleurs. Vives. Fleurs du trottoir ou lierre au mur. Comme si elles avaient poussé là. Icônes bariolées pour la procession des acheteurs d'oubli. En uniforme à pompons, ou en chemise d'été. Lambins avant, pressés après. Avec, en musique d'ambiance, l'accent, les talons qui claquent et des mélopées métissées s'échappant çà et là des fenêtres à néons. Avec, pour l'esseulé transi, le luxe suprême : le choix. Ou l'embarras.

— Celle-là ? demanda Kéma.

— Non, non, on a le temps, répondit Clovis, tremblant.

Ils reprirent leur balade de catalogue. Jaugeant, pesant le pour et le tout contre.

Au bout d'une demi-heure et huit refus de Clovis, Kéma s'agaça.

— Écoute, Frangin, va falloir te décider ou on rentre !

— D'accord, d'accord, fit Clovis, mais dedans alors. Dans un bar. Je veux parler avant.

— C'est pas des églises, c'est des « brics », mon pote. Tu viens pas chercher l'absolution.

Ils se décidèrent finalement pour le Paradise.

Un drôle de nom pour une arrivée en enfer.

leur tendit une carte. « Re[illegible] sur [illegible] »

[illegible] pour [illegible]

Elles [illegible] que [illegible] premier [illegible] une [illegible] film avec [illegible] [illegible]. Mais [illegible] avaient [illegible] pour la [illegible] des [illegible]. [illegible] [illegible] [illegible] [illegible] des [illegible] avec [illegible] pour [illegible] le [illegible] de [illegible].

— [illegible] Carmen [illegible] ?

— Non, non, on a le temps, répondit Clovis [illegible] plant.

Ils [illegible] balade [illegible] devant [illegible] et le sport [illegible].

Au [illegible] de [illegible]

« [illegible]

— [illegible]

— [illegible] d'accord, dit Clovis, [illegible] [illegible]

[illegible]

[illegible] absolue.

[illegible] pour [illegible]

[illegible] pour [illegible] ou [illegible]

La veuve rouge dans la gouttière

La cellule. 19 juillet 1996.

Zarkane descend toujours. De palier en palier. Méthodiquement. Encore et toujours avec précaution.

Ne pas devenir fou.

Il n'a même pas blanchi. Ses cheveux ras continuent à pousser blond. Les huit ans d'enfermement ne l'ont pas vieilli. Au contraire. Les fumées et les alcools d'avant avaient terni un teint que l'ascétisme a redoré. La cellule aussi a pris des couleurs. Des fleurs ont poussé sur le lit. Des gardénias acryliques brodés sur la nouvelle couverture. Des roses jaunes, vraies celles-là, remplissent une demi-bouteille d'eau en plastique sur la petite table. Vase de fortune pour une offrande anonyme et régulière. Au début, il les avait refusées. Et puis au bout de six envois, il avait cédé. Au-delà de la récompense à l'insistance, il s'était attaché à ce bouquet de points d'interrogation. Qui ? Pour quelle raison ? Dans quel but ? Jusqu'à quand ? Pourquoi douze ? Pourquoi tous les vendredis ?

Aujourd'hui, il fait chaud. Très. Étouffant. Comme le soir du meurtre.

Il est allongé, les mains derrière la tête, les yeux grands ouverts. Au plafond, la fresque, immuable, le renvoie aux heures d'avant le drame qui l'a conduit ici. Au premier crime de cette nuit de 1986. Il y a dix ans, jour pour jour. Ce crime qu'il avait, contrairement à celui pour lequel il est emprisonné, réellement commis. En parfaite impunité. Le rasoir avait découpé la gorge d'un coup net. Et puis, l'orage. Et puis… Et puis…

Pour Elizabeth et Fanny, il était responsable, bien sûr. Mais pas coupable.

Le coupable s'appelle Luigi Fontanella.

Zarkane se lève brusquement et, comme un automate, va s'asseoir sur le tabouret haut devant le chevalet. La toile l'a appelé. Comme un aimant. Ses mains se crispent sur le premier pinceau qu'il prend à l'aveugle. Une pulsion intense. Il jette violemment un éclat jaune. Une rose effeuillée. Ses points d'interrogation de l'instant. Pourquoi peindre le portrait du véritable assassin ? Pourquoi ne l'ai-je jamais peint avant ? Pourquoi maintenant ? À quoi ça servira ?

Et, déjà, la musique a démarré dans sa tête. Pesante. Épaisse. Wagnérienne. Le tempo du pinceau est heurté, vif. Sans courbes. Le visage est long. Trop. Deux points pour les yeux seulement. Verts. Et la maigreur en longues flèches grises. Coups d'archet *staccato*. Et, agitato, le mouvement s'intensifie. Cent choristes le portent. Sa respiration s'accélère. Le pinceau virevolte, semble divaguer. Et pourtant chaque détail est à sa place : les lèvres fines, le nez d'aigle, la pomme d'Adam hypertrophiée. Le portrait est précis, parfaitement ressemblant. Et puis, le cluster magnifie la transe. Éclatant et dissonant, il soulève Zarkane de son siège. Il jette le tableau au sol, et à l'instar d'un Pollock, plonge ses mains dans les pots de couleur et asperge son œuvre de jets vifs. La peinture éclate sur le portrait en éclaboussures.

Soudain, la musique en lui est tellement puissante qu'il écrase ses mains sur ses oreilles. Et Zarkane hurle. Affreusement. Du fond de ses entrailles. À vif. Puis il s'écroule sur le sol, haletant. Il est trempé de sueur.

Un instant de néant en suspension, et, *diminuendo*, Wagner s'éloigne sur la pointe des notes. Au plafond, la fresque le regarde.

« Dieu, qu'elles étaient belles ! »

Et sans qu'il s'y attende, en *andante*, Rossini s'invite. À contretemps. À contrecœur. La *Pie voleuse* vient tournoyer lentement au-dessus de lui. Comme une insulte à Elizabeth et Fanny. Cette musique si envoûtante, que, à l'envers de Kubrick, il n'a jamais illustrée de violence, lui déchire l'âme un peu plus. Quand il la peignait avant, elle était ciel bleu, cette mélodie. Ou vols blancs d'oiseaux migrateurs, ou bébé endormi. La mélodie des bonheurs.

« Pas maintenant. Pas là. Pas pour cette ordure ! »

Luigi Fontanella. Luigi le Calabrais. Ce nom a dû s'inscrire dans l'inconscient de Zarkane. Luigi Fontanella, *Il Monstro*. Luigi Fontanella, l'homme du portrait. Luigi Fontanella écrit en surimpression, en lettres de sang. Et, par association d'images, la musique de Rossini, son italien favori, a commencé à l'envahir doucement.

Il se reprend la tête à deux mains et la secoue violemment.

— Non, je ne veux pas !… Je ne veux pas !

Il se redresse d'un bond. À nouveau en transe. Destructrice, cette fois. Mais pas comme au temps où il détruisait calmement, posément, ses gouaches éphémères pour quelques esthètes admiratifs. Là, il est déchaîné. Tornade. Il piétine le portrait de Fontanella avec une rage incroyable, puis le ramasse, le broie, le déchire avec les dents. Et sa colère devient incontrôlable. Il balance la table contre la porte d'entrée, massacre le chevalet. Puis, avec une force de titan, en poussant un long cri de bête, il s'arc-boute au lit. Et, au prix d'un effort surhumain, il le descelle et le balance contre le mur. Et puis, il explose, se jetant aux murs, écrasant, frappant chaque chose. Et enfin, il s'affaisse, à bout de souffle.

Le gardien ouvre la porte lentement. Tout tremblant, il passe à peine une moitié de visage et demande :

— Ça va ?

Zarkane se contente de hocher la tête en signe d'approbation.

— Je vais arranger ça tout de suite.

— Non, demain.

Et le gardien se retire en refermant la lourde porte avec précaution.

Zarkane prend une très longue inspiration. Il rejette l'air avec le souffle le plus minuscule possible. Puis il recommence. Dix fois. Les battements de son cœur ralentissent. Ça va. Il se relève lentement et contemple les dégâts.

« Allez Zarkane, nettoie, range, répare. Calme Zarkane, calme ! Tout va bien. »

Ne pas devenir fou.

La cellule est jonchée de débris. Il en est ainsi des colères des hommes lorsqu'ils n'en ont pas d'autres à se mettre sous la main. Et, de vaisselles cassées en bombardements, l'humanité se venge sur l'inerte. Une faiblesse de plus. Mais elle en a tant.

Chicago, en 1971, était un parfait concentré de ces faiblesses-là. Un échantillon idéal. Un « digest » de tout ce que l'âme humaine peut trimbaler de lâchetés, perversions, avidités, suffisances et stupidités en tous genres. Un conglomérat d'individus représentatifs de tous les ailleurs du monde. Des luttes de pouvoir, d'influence. Des coupables, des victimes. L'argent, l'amour, la gloire, la mort. La vie, donc.

À Chicago, il y avait aussi des braves, des bons et

des gentils. Mais la diversité fait loi. Et les plus belles fleurs poussent sur le fumier. C'est ainsi. Depuis que le monde est immonde. Mais, bon. Les hommes s'occupent tant à tout changer, qu'ils en oublient qu'il suffirait de tout refaire. Hélas, ils n'en ont pas le temps. Déjà qu'il en reste si peu pour ce satané « plaisir ».

Le Paradise était un lieu pour ça. C'était annoncé par les chasseurs de rue.

— Allez-y, entrez ! Le strip-tease est intégral. Les filles sont superbes. Le plaisir est garanti !

En fait de superbes, deux échassières blondes, quelconques mais bien repeintes, étaient perchées au bar. Deux Marilyn de comptoir. Plus loin, une fausse rousse grasse en bas résille étalait avec indécence son suif sur une banquette élimée. Au bar, la patronne, cigarette au bec, fredonnait un Johnny Hallyday qui sortait du pénitencier en boucle. Kéma et Clovis étaient les seuls clients. La bouteille de champagne qu'ils n'avaient pas commandée était déjà vide quand le strip-tease démarra. La lumière s'éteignit au bar, et une des deux Marilyn en profita pour entraîner Clovis sur une banquette. Juste avant, après quelques banalités, elle avait conclu sa parade amoureuse superflue par l'essentiel : le tarif.

— La pipe, c'est trente !

Kéma avait payé. Un œil sur le déshabillage mécanique, et l'autre sur les ombres de la banquette, il trempait de temps en temps les lèvres dans sa coupe de Veuve Clicquot, coupée aux deux tiers de Perrier. C'était la règle, et il ne fallait surtout rien dire sous peine d'expulsion violente. Une escroquerie en accord tacite. Et de plus, la plupart du temps, ces dames versaient plus ou moins discrètement le contenu de leurs verres dans la gouttière prévue à cet effet qui longeait le bar.

Tout alla très vite.

La Marilyn de Clovis revint en pestant.

— Y bande pas… J'vais pas y passer la nuit. Ça fait dix minutes que j'le mâche et que dalle !

— On n'est pas des infirmières ! rigola la patronne à l'intention de Kéma.

Et Marilyn surenchérit :

— De toute façon, je l'sentais pas. Les p'tits gros, c'est rare que ça carbure. Et puis alors, bonjour l'asticot, tiens comme ça, fit-elle en montrant son petit doigt. En plus, celui-là, il sent pas la fleur. Tu parles d'un porc. Il doit s'laver au pâté.

Et les deux pintades gloussèrent.

Le geste de Kéma fut d'une rapidité foudroyante. Il attrapa, d'une main, la tête de Marilyn et l'écrasa sur le bord du comptoir. Il recommença trois fois. La patronne saisit un gros cendrier pour le frapper, en hurlant :

— Fils de pute !

Il évita le coup de justesse, et empoigna le seau à champagne. D'un revers au visage, il l'expédia dans l'étalage de bouteilles qui s'écroula avec elle.

— Vite, vite, on s'en va ! lança Clovis, tremblant de tous ses membres.

— Non ! ordonna Kéma, j'ai payé mon verre, je le finis. Après, on sort… tranquilles.

— Mais… Mais… L'autre fille, elle est sortie en courant, elle a dû aller chercher du monde.

Kéma sourit. Il semblait sûr de lui.

— J'ai peur de personne, p'tit frère. De personne. Quand on t'insulte, on m'insulte. Et on n'insulte pas Zarkane. Jamais !

— C'est qui, ça ?

— Laisse tomber. Va te planquer dans l'arrière-salle. Et ne bouge pas avant que je vienne te chercher. Moi, je les attends. On sortira pas d'ici en courant. On n'est pas des voleurs.

À peine avait-il fini sa phrase qu'ils entrèrent en trombe. Ils étaient quatre. Trois très costauds et un tout petit. Il n'y eut pas un mot. Les coups partirent tout de suite. Le « petit », resté à l'écart, assista sans broncher à la bagarre.

Il n'y a que dans les mauvais films que trois mastodontes se font démolir par un môme en solo. Kéma tint le plus possible, se défendant avec une rage terrible. Mais, à bout de forces, il finit par s'écrouler, soûlé de coups.

Le « petit », alors, s'avança et se posa sur lui, les genoux sur les épaules. Les mains accrochées aux oreilles, il lui releva la tête.

— Tu t'es bien battu, gamin, dit-il avec une voix ridiculement éraillée. Mais t'as perdu. Ici, les cons, ça perd toujours. Alors tu vas rentrer chez toi. Mais avant, tu vas payer la casse.

Toujours à califourchon, il fouilla ses poches et prit tout l'argent qu'il avait sur lui. Puis il ajouta :

— Et t'as de la chance d'être un môme. Parce

qu'autrement, ta belle gueule, je la fracasse sur le carrelage et t'es mort. Mais je suis dans un bon jour, je le ferai pas.

Kéma le fixa, sourit malgré la douleur, et dit d'une voix calme :

— T'as tort… Parce que moi, à ta place, je te tue !

Le « petit » eut un sursaut. Il glissa sa main derrière sa veste et brandit un pistolet qu'il enfonça violemment dans la bouche de Kéma. Il hurla :

— Et comme ça, tu préfères ?

Il y eut un long silence, et tout à coup le regard sûr du « petit » changea. Kéma, malgré l'arme dans la bouche, souriait. Et, brusquement, il se mit à rire. Aux éclats. Le « petit » en fut complètement déstabilisé. Il hésita un instant, puis se redressa lentement en gardant le pistolet braqué sur le visage de Kéma. Et il passa l'arme à un des mastodontes en ordonnant :

— Surveille-le, je vais téléphoner.

Et il sortit.

Dix minutes passèrent, et il revint, reprit l'arme et dit :

— Allez, lève-toi et viens avec nous. On va se promener.

Kéma fut embarqué à bord d'une grosse voiture qui traversa la ville à toute allure. Un quart d'heure plus tard, ils franchirent le portail d'une immense villa du Cap Brun, le quartier chic de Toulon. Dans le parc, chaque palmier était éclairé. Le gravier était blanc.

« Comme dans les cimetières et les grandes maisons des films américains », pensa Kéma. On le conduisit sans un mot dans l'antichambre d'un salon luxueux. Il était plus émerveillé qu'inquiet. Les lustres et les moquettes épaisses le fascinaient. Il avait toujours aux lèvres ce sourire qui paraissait troubler ses « accompagnateurs ». Soudain, il y eut un bruit électronique, et la porte du salon s'ouvrit toute seule. Le « petit » lui fit signe d'entrer. Ce qu'il fit sans appréhension.

— Assois-toi là !

L'homme qui avait parlé était élancé et très élégant. Il devait avoir une cinquantaine d'années. Il portait une moustache très fine au ras de la lèvre. Le regard était noir, les yeux minuscules. Un détail frappa Kéma. Il se frottait les mains lentement, comme lorsqu'on les passe sous l'eau. Il remarqua aussi que l'homme était assis à califourchon sur une chaise simple, alors qu'il avait proposé à Kéma un fauteuil moelleux dans lequel il s'enfonçait lourdement.

— On m'a raconté ton courage, petit, dit-il d'une voix douce. C'est bien. C'est ce qui manque le plus aujourd'hui, le courage. Tout le monde a peur de tout. On vit dans un monde de lâches. Et je t'avouerais que ça m'arrange un peu. Moi, tu vois, j'ai peur de rien.

Il se tut et regarda Kéma dans les yeux, comme s'il attendait la réponse à une question qu'il n'avait pas posée. Au bout de quinze secondes, elle vint :

— Moi non plus.

L'homme eut un immense sourire. Et son visage se referma aussitôt. Il avança de quelques pas, en emmenant la chaise avec lui. Il se colla au plus près du visage de Kéma, et lui dit, les yeux dans les yeux :

— Maintenant, écoute-moi bien, petit. Le chef à Toulon, c'est moi. Et un peu plus loin même, jusqu'à Nice. Côté Marseille, c'est un ami. Des téméraires dans ton genre, j'en ai déjà coulé plus de cent dans du ciment bien frais. Tu sais dans les chantiers du côté d'Ollioules, tu vois où je veux dire ?

— Oui, fit Kéma, sans montrer la moindre trace d'émotion.

— Tu t'imagines bien que le chef, on le dérange pas si c'est pas important. Et j'ai jugé que c'était important. Et je t'ai même fait venir chez moi. Une intuition, comme ça. De toute façon, si elle s'avérait mauvaise, tu es assez grand pour comprendre que tu ne sortiras pas vivant d'ici. Hein ?

Il laissa passer un long silence, pendant lequel il scrutait Kéma. Cela dura plus d'une minute. Une éternité. Kéma était impassible. Le regard droit. Fier. Sans aucun signe d'une quelconque appréhension.

Le chef se leva lentement de sa chaise, se frotta les mains et dit, sans quitter des yeux Kéma :

— C'est bien, petit, c'est bien. C'est ce que j'attendais. Petit Louis m'a tout raconté. Il en faut du cran pour réagir comme tu l'as fait au Paradise. Mais ça aurait pu être le courage d'un con. Au téléphone, je ne pouvais pas me rendre compte. Alors j'ai eu, comme je te l'ai dit, une intuition. Tu sais, Petit Louis, c'est un vrai méchant. Qu'il ait été déstabilisé par ton audace, ça m'a… Comment dire ?…

Pendant qu'il cherchait le mot, son regard devint glacial.

— Interpellé, reprit-il, c'est ça… Interpellé, c'est comme ça qu'on dit ?

— C'est possible, répondit Kéma d'un ton détaché.

— J'ai une proposition à te faire… Viens !

Il se leva et se dirigea vers la grande terrasse qui donnait sur la mer. Kéma s'extirpa du fauteuil et le suivit.

— Vois la mer. Vois comme c'est beau. Et la côte avec toutes ces lumières… Tout ça, c'est à moi, petit. Tout. Je l'ai conquis tout seul, mais ce sont des hommes de ta trempe qui me permettent de le garder. Alors voilà… Je te veux tout près de moi, dans mon équipe.

— Vous ne me connaissez pas.

— Plus que tu crois.

Il sortit de sa poche un étui brillant, l'ouvrit et y prit une longue cigarette à filtre doré qu'il alluma. Puis il reprit :

— Dès que je t'ai vu, je me suis vu. Il y a longtemps, si longtemps. Tout à l'heure, j'ai dit « l'intuition », mais il doit y avoir un autre mot plus fort. Quelque chose d'irréel. Tu sais, petit, je connais bien les hommes. Le regard ne trompe jamais. Jamais. C'est mon regard que j'ai vu dans tes yeux. Et c'est la première fois que ça m'arrive. Tu es là depuis cinq minutes, mais c'est comme si je te connaissais depuis toujours.

Il tourna le dos à Kéma et continua à parler.

— Tu hais ce monde de privilèges et d'injustice. Tu hais cette misère qui t'a vu grandir. Cette misère qui a dû te voler un parent, un ami auquel tu tenais plus que tout. Moi, c'était mon petit frère, parce que le pommier était de l'autre côté des rails. Et qu'il fallait manger. Et que les trains roulent trop vite. Les trains, il y a ceux qui sont confortablement assis dedans et ceux qui passent dessous. Soit pour aller chercher des pommes, soit parce qu'ils s'y jettent par désespoir. Parce que la vie est une pute qui mord les pauvres et qui suce les riches sans mettre les dents.

Il attrapa Kéma par l'épaule, le serra contre la sienne, toujours sans le regarder, se pencha vers son oreille et continua à voix basse :

— J'étais un sale gamin des quartiers pourris. Quand je faisais les poubelles des riches pour des restes de pain, ils appelaient les flics, ces fumiers. Même leurs ordures, ils ne voulaient pas les partager. Ce que le ciel te refuse, il faut le prendre. De force. Sans pitié. Et sans remords. C'est pas toi qui as commencé, petit, c'est pas toi qui as commencé, c'est eux. Allez, viens !

Ils rentrèrent, traversèrent le salon et sortirent ensemble dans le couloir. Petit Louis et les mastodontes attendaient sagement.

— Ça, c'est le numéro de téléphone de quelqu'un qui me préviendra le jour où tu te décideras, dit le chef en tendant à Kéma un papier chiffonné en guise de carte de visite. Je suis Fernand. On m'appelle aussi l'« Anguille », parce que les flics n'ont jamais pu me coincer. Réfléchis pas trop. C'est un bon job. Très bien payé. C'est pour ça que je suis intransigeant sur la qualité du personnel.

— Merci m'sieur, fit Kéma. Y a quelqu'un qui me ramène ? Parce que j'ai laissé mon petit frère là-bas.

— Bien sûr… Tonino, le plus gros des trois.

— Je peux le ramener, moi, patron, proposa Petit Louis.

— Non, toi tu restes ici, répondit Fernand.

Et il sortit brusquement une arme de sa poche intérieure et tira trois coups sur lui avant d'ajouter :

— Définitivement.

Petit Louis s'écroula sans un râle. Kéma n'avait même pas sursauté. Il regardait le corps troué de balles sans frayeur. Et pourtant, c'était son premier mort de mort violente. Comme si quelque chose en lui l'empêchait de s'émouvoir. Un bouclier naturel. Un gène rare, sans doute.

L'Anguille le regarda en souriant comme s'il avait capté cette particularité. Encore un point commun. Avant de disparaître dans son salon, il s'adressa une dernière fois à Kéma :

— Il commençait à devenir vieux. Bon recruteur, mais mauvais soldat. Il aurait dû te tuer. Mais ton courage l'a impressionné. Et ça, c'est pas bon pour les affaires… Au fait, comment tu t'appelles ?

— Zarkane, répondit Kéma.

— Ça sonne bien. Continue à n'avoir peur de personne, Zarkane. De personne. Sauf de moi, peut-être.

Dans la voiture qui le ramenait vers Chicago, Kéma eut la sensation étrange de revenir d'un autre pays. Cette incursion dans cet univers de luxe et de violence froide avait quelque chose d'irréel et d'attirant. Une quatrième dimension aimantée. Un voyage dans un autre film. Et, à présent, ce retour à la vraie vie comme s'il n'y revenait que pour y chercher ses bagages avant de repartir. Pendant le trajet, il se projeta en flashes les années d'avant : Mamma Lisa, la boue, le camp, les Fauvettes, les bonheurs tranquilles, l'école sage. Il avait la prémonition diffuse de l'achèvement de quelque chose. Un pronostic sans arcanes. S'il avait consulté les tarots à cet instant-là, il serait sûrement tombé sur le Diable.

Il récupéra Clovis une demi-heure plus tard dans l'arrière-salle du Paradise. Il était caché dans les toilettes fermées à double tour.

— Ils t'ont fait du mal ? demanda Clovis.

— Au contraire, Frangin. Au contraire.

Kéma ne dormit pas cette nuit-là. La douleur des hématomes et cent questions. Sur la vie, la droiture, la justice, la force, la faiblesse. En fait, elles se résumaient en une : « Suis-je Kéma ou Zarkane ? »

Il était sûrement encore Kéma, mais si peu. Il avait eu une jubilation intense sur le balcon de la belle villa de l'Anguille. Quelque chose en lui s'était allumé. Violemment. Quelque chose d'incontrôlable. De rage et de feu. Une évidence : sa vie ne pouvait être que ça. La vie de Zarkane. Dans la marge. Mais dans la plus belle. Fort. Respecté. Tant pis pour la manière. Du mauvais côté, soit ! Mais c'est pas lui qui avait posé la barrière. Il avait raison, l'Anguille. C'est pas lui qui avait commencé.

Il était doux, le cocon de Papa Charly, mais Orane était une putain, et le bon docteur des pauvres pleurait en cachette. Emma, la sainte, était morte en hurlant de douleur. Et Mamma Lisa avait sauté pour lui donner une chance de devenir Gadjo magnifico. Pour qu'il connaisse des avions qui s'envolent sans portières de voitures. De vrais bateaux sans mâts d'allumettes. Il devait être Zarkane parce que Le Revest fermait ses fenêtres aux gitans, même quand ils venaient pleurer à l'église. Parce que Mirko, José et Manolo faisaient des signes de croix après. Parce qu'on ne devrait pas jeter du pain à la poubelle. Et ça servait à quoi d'être honnête et bon ? De pardonner aux autres pour se pardonner à soi ? La « Pomponette » était une traînée et Marius avait abandonné sa femme et son enfant. Salaud de Marcel ! Mais Papa Charly l'admirait. Il ne savait pas que Raimu avait un sale caractère, que Pierre Fresnay détestait l'accent de Marseille, et que celui qui avait fait un enfant à Orane Demazis, ce n'était pas Marius, c'était Pagnol. Ou, s'il le savait, il faisait semblant de l'ignorer. Parce que Papa Charly était dans les livres, pas dans la vie. Kéma, lui, voulait vivre en vrai. Et pour ça il ne devait être que Zarkane. Pour devenir Gadjo magnifico, comme le voulait Mamma Lisa.

Au petit jour, il avait décidé qu'il serait Zarkane le plus tôt possible. Dans une semaine, ou deux. Le temps de s'organiser, de trouver les mots à mentir pour expliquer qu'il renonçait aux Beaux-Arts. Pour trouver une chambre en ville. Pas question de mêler Clovis et Papa Charly à tout ça en continuant à habiter aux Fauvettes. Il devait quand même y avoir quelques risques sérieux.

Kéma n'attendit que neuf jours, hélas !

C'est lui qui découvrit le corps de Papa Charly, pendu à un olivier derrière la maison.

L'améthyste de Cochise

La cellule. 13 juillet 1998.

L'ivresse des profondeurs, peut-être ? Le palier de l'année qui vient de s'écouler a été presque heureux. Un peu plus que les autres, en tout cas. Moins cyclothymique. Les crises d'angoisse ont été plus mesurées. Il y a même eu des rires francs avec le gardien. Des blagues ordinaires. Belges ou blondes. Comme à toutes les machines à café des lundis matin.

Ne pas devenir fou.

Aujourd'hui, le gardien a ajouté une coupe de champagne au repas. Il est fou de joie. La France est championne du monde de football. Un flot de bonheur a submergé le vieil Hexagone. Une liesse de masse. On n'a pas vu ça depuis la Libération de 1945. Le pays a chanté, dansé toute la nuit pour fêter ses héros. Parce que des filets ont tremblé trois fois, les jeunes Français ont explosé de joie comme jamais, depuis que leurs aînés avaient tremblé quatre ans.

— Ça fait si longtemps qu'on attendait ça ! s'extasie le gardien rayonnant de plaisir.

Zarkane le regarde, presque ému. « C'est donc ça, un brave homme, pense-t-il. Un pantin de chair et d'os qu'un penalty contente. Un du troupeau que les bergers affament, et à qui on donne des pelouses de stade en pâture pour qu'il ne bêle plus. *Panem et circenses !* Que le peuple s'amuse ! Donnons-lui des gardiens de but pour qu'il n'en ait pas ! De but. En tout cas, nul autre que de tenter de vivre ailleurs qu'en "Aphonie". La patrie des muets, des consentants, des rampants. »

L'enfermement a multiplié en Zarkane son dégoût des marionnettistes. De ceux qui tendent des ficelles aux corps et aux âmes des pauvres gens. Politiciens, juges, pontes de la finance, patrons de presse à la solde les uns des autres pour un intérêt commun. Son manichéisme l'effraie lui-même, mais il a beau tenter de chercher plus loin, il en revient toujours à ce constat primaire : les hommes sont monstrueux. Superbement ou misérablement. Et les uns accablent les autres. Et les autres ne se rebellent même pas. Ou alors dans des révolutions à l'issue desquelles ils deviennent les uns à leur tour. Il était devenu Zarkane en partie à cause de ça. Quelques chromosomes étranges avaient dû faire le reste.

Le gardien, donc, nage dans le bonheur. C'est peut-être pour ça qu'il ne s'y est jamais noyé ! Et puis, d'un coup, il réalise l'indécence de son enthousiasme : étaler son plaisir extrême à un être en souffrance à qui, apparemment, cet engouement populaire ne fait ni chaud ni froid. Ni même tiède. Alors, comme en compensation, il lâche :

— Dix ans de faits. Trois mois par dix, ça fait trente.

T'as déjà gagné deux ans et demi, mon grand. Si tout va bien, t'es dehors dans cinq ans.

— Eh oui, répond Zarkane en souriant, on est en deuxième mi-temps. J'espère qu'il n'y aura pas de prolongation !

— J'aime bien quand t'es comme ça, fait le gardien presque attendri. J't'ai toujours dit : un peu d'humour, ça aide. Et puis de toute façon, on y est, on y est. Alors autant le prendre du bon côté.

La sagesse primaire. L'optimisme de comptoir. La philosophie des simples. Allez savoir ? Peut-être la seule qui peut nous approcher du bonheur absolu. Les attardés des villages n'étaient-ils pas nommés « bienheureux » ?

Zarkane trinque donc avec le bienheureux du jour. Et à tous les bienheureux qu'une *Marseillaise* de podium apaise. C'est la première coupe de champagne depuis qu'il s'est immergé.

— Tu veux que j'aille chercher la bouteille ?

— Pourquoi pas.

Une réaction normale. Une réaction de dehors puisque aujourd'hui toute la France arrose ça.

Ne pas devenir fou.

Le gardien détale au quart de tour et revient à peine deux minutes plus tard, tout essoufflé.

— Alors ça, ça fait plaisir, lance-t-il, visiblement au comble de la joie. Bois, mon gars, bois, ça fait oublier.

La grande tromperie de l'ivresse. L'abus de confiance. Ça fait oublier, oui. Mais le futur, pas le passé. La griserie éteint l'avenir, le temps d'une gaieté provisoire. Sournoise, elle éclipse les tourments annoncés. Elle les remet à plus tard. Pour ce qui est du passé, elle ne l'efface pas. Bien au contraire. Elle l'expulse. Parfois en larmes. Souvent en discours mal articulés. Combien de chagrins d'amour, de rancœurs, de tracas, ressassés entre deux hoquets, parfument tous les comptoirs du monde de tristesse à l'anis ou au malt ! Alors, Zarkane ne boira que deux verres. Par précaution.

Le gardien est sorti, un peu chancelant, en sifflotant *I Will Survive*. Et Zarkane est resté avec Vivaldi. « L'Automne » des *Quatre saisons* vient de s'immiscer dans sa tête. La bonne humeur aura fait long feu. Son sourire est tombé en feuille morte.

L'automne.

« Pourtant, c'était l'été. Mais l'arbre était si triste. »

Zarkane reprend ses pinceaux. Pas désespéré. Juste nostalgique, tendance gris pâle. Les bulles du magnum, comme c'était annoncé, ont réveillé le spleen. Une mélancolie à peine esquissée, que quelques verres de plus auraient fait dégénérer en tourment noir.

C'est l'automne. Et le corps de Papa Charly pend dans sa mémoire, accroché à la plus grosse branche de l'olivier. Cette vision-là, il l'a peinte déjà vingt fois au moins en dix ans de cellule. Là, il va la projeter vue d'en haut. Comme le Christ de Dali. Peut-être est-il encore empreint de l'enthousiasme du gardien parlant d'un certain Zinédine comme d'un dieu. L'appelant le « Sauveur ». Avec une majuscule inaudible mais à coup sûr réelle.

Papa Charly, lui aussi, était christique. Pour son credo d'abord : « Aimez-vous les uns les autres. » Et puis pour les derniers mots qu'il avait dits à Zarkane : « Je leur pardonne parce qu'ils ne savent pas ce qu'ils font. »

Le 23 juin 1971, au lendemain de sa rencontre avec l'Anguille, Zarkane avait tenté une première approche pour préparer Papa Charly à son changement de cap. Au repas du soir, il avait commencé à évoquer à mots couverts un doute sur ses envies d'intégrer l'école des Beaux-Arts de la rue Luminy, à Marseille. Le docteur n'avait même pas réagi. Il paraissait absent et triste. Lui, qui ne manquait jamais une occasion de citer maître Pagnol, n'avait rien répondu quand Zarkane avait parlé de « cerveau bien fait », en affirmant que le grade le plus élevé de la pensée n'était pas forcément garant du bonheur. Il fut étonné de ne pas entendre, en écho : « Dieu a donné le rire aux hommes pour les consoler d'être intelligents. »

Papa Charly était soucieux. Depuis quelques jours, il semblait même s'être tassé. Comme s'il voulait s'enfoncer en lui-même. Zarkane fit comprendre discrètement à Clovis qu'il devait les laisser seuls. Ce qu'il fit.

Ils parlèrent pendant une heure sans que Zarkane puisse obtenir la moindre explication à cet apparent désarroi. Comme la vérité tardait à venir, il décida d'utiliser son plus ancien sérum : quelques verres de vieux marc. Vers minuit, le bon docteur se livra enfin :

— Mon petit, je t'aime bien. Je vois que tu t'occupes de moi, que tu te fais du souci à cause de moi, alors ça me fait penser que je t'aime bien.

Ça, ce fut l'introduction. Marius à César au pied de l'escalier du bar de la Marine. Symbolique. Les paroles du fils à son père, comme si Papa Charly était devenu l'enfant de son enfant. C'était un peu vrai.

Ça l'est si souvent quand on devient trop vieux ou trop malheureux.

— Voilà, dit Papa Charly, je t'ai déjà confié le secret d'Orane. Ce soir, je vais t'en dire un autre. Encore plus terrible. Tu sais, petit, je n'ai jamais supporté la douleur des autres. Elle me fait plus mal que la mienne. Alors, depuis toujours, j'ai aidé du mieux que j'ai pu ceux qui souffrent infiniment. À Toulon, il y a des pauvres filles plein les trottoirs. De petites fragiles que les hommes s'amusent à ébrécher jusqu'à ce qu'ils les cassent complètement. Ces petites, quelquefois, elles ont le ventre qui commence à s'arrondir. À peine. La différence du plaisir à la faute. « La bosse de derrière la haie », comme disait ma pauvre grand-mère. Celle qui est dans le dos des petits vieux difformes, on sait d'où elle vient : le travail à la vigne, l'eau du puits à remonter chaque jour. Mais là, chez ces petites, c'est une bosse bien embêtante, parce qu'on ne sait pas qui l'a fabriquée, et que, si elles la laissent grossir, c'est pas bien bon pour le travail. Alors il faut bien qu'elle disparaisse d'une manière ou d'une autre.

Zarkane traduisait au fur et à mesure en langage courant ce que l'accent du bon docteur « Grignan-Pagnol » lui chantait. En clair, Papa Charly était en train de lui avouer qu'il avortait les putains de Chicago en cachette.

— Jamais, au grand jamais, je n'ai accepté le moindre argent ! affirma-t-il avec véhémence. Je les ai toujours délivrées par compassion. Seulement, voilà, il faut croire que le bon Dieu, qui fabrique ou tue des petits à son gré, ne doit pas aimer la concurrence. Une vilaine nuit de 1960, j'ai fabriqué deux anges. L'enfant et la mère.

C'était donc ça, qu'il avait à faire pardonner ! C'était donc ça, l'indulgence pour les autres afin de s'absoudre de sa propre faute.

Kéma chercha des mots de réconfort :

— C'était il y a longtemps… Ne te mine pas pour ça… C'est juste une petite remontée de remords, mais ça va passer.

Papa Charly se mit à pleurer. Pas comme on pleure à peine devant un film, ou à l'enterrement de quelqu'un qu'on ne connaissait pas. Non, des pleurs fontaine, avec des soubresauts dans tout le corps. Il réussit à articuler entre deux hoquets :

— J'en ai tué une autre, il y a quinze jours.

Kéma trouva le mot trop fort. Ce n'était pas ça, tuer. Ça, c'était un accident. Une erreur malencontreuse.

— Ça s'est mal passé au cabinet, reprit Papa Charly. Alors, pour la sauver, je l'ai vite amenée à la clinique la plus proche. Il n'y avait que là-bas qu'ils pouvaient la réanimer. Elle est morte à peine arrivée au bloc.

Kéma remplit le verre de vieux marc. Papa Charly le but d'un trait en essuyant ses yeux. Puis il dit, désespéré :

— La clinique a porté plainte contre moi. Ils pensent que je me suis engraissé avec l'argent de ces pauvres filles. Moi qui ne leur ai jamais pris un sou, je vais être rayé de l'ordre des médecins, petit.

Et soudain, il se dressa, balança la bouteille de marc à travers la pièce et Kéma assista à une scène qu'il n'aurait jamais imaginé vivre. Papa Charly, qui n'avait jamais dit un mot plus haut que l'autre, se mit à hurler :

— C'est ça ma récompense ? C'est ça que j'ai mérité ? Toute ma vie j'ai donné, donné, aimé. J'ai fait du bien à tous les malheureux sans compter ma peine. Et là on va m'interdire, me jeter dehors comme un chien sale à coups de pied dans le cul. Et mes pauvres gens, qu'est-ce qu'ils vont devenir sans moi ?... Qu'est-ce qu'ils vont devenir ? Qu'est-ce qu'ils vont...

Il tomba dans les bras de Kéma qui le laissa aller doucement sur son épaule. Ils restèrent longtemps ainsi. Et Papa Charly se vida de toutes ses larmes.

Pendant les jours qui suivirent, il semblait aller mieux. Il souriait à nouveau. Quand Zarkane l'interrogeait, il finissait toujours par : « Tout va bien, je crois que j'ai trouvé la solution. »

Il l'avait trouvée. Il souriait parce que l'inéluctable était décidé, programmé. Zarkane apprit plus tard qu'il avait attendu quelques jours afin de régler les formalités testamentaires. Pour que les Fauvettes, le cabinet et ses maigres économies reviennent à parts égales à Clovis et à lui.

La veille de sa mort, il parlait même d'avenir.

— Je vais écrire mes mémoires. Je raconterai tout. Mon dévouement. Les pauvres filles auxquelles je faisais des anges à l'aiguille. Je proposerai qu'on fasse une loi. Et puis je dirai aussi quelques mots pour le conseil de l'ordre. J'ai déjà la première phrase de mon livre : « Je leur pardonne, ils ne savent pas ce qu'ils font. »

Il se pendit au petit matin.

Il ne laissa pas un mot. Juste une lettre : le « V » qui manquait aux Fauvettes, qu'il rajouta dans la nuit sur le panneau de bois. Comme pour montrer que sa mort n'était pas une fin, mais le début d'autre chose. Un dernier clin d'œil à un de ses vieux livres : *Pour faire son deuil*. L'auteur y avait écrit en préambule : « Pour ceux qui restent, la mort ne doit rien achever. La mort doit commencer ce qui vient. »

Le soir de l'enterrement, Zarkane était déjà dans la grande villa du Cap Brun. L'Anguille l'accueillit avec un grand sourire et le garda à manger. Un repas somptueux pendant lequel ils parlèrent longtemps.

— Tu habites où, Zarkane ?

— Une grande maison sur les hauteurs de La Valette.

L'Anguille ouvrit de grands yeux, étonné.

— En fait, continua Zarkane, j'ai grandi dans un camp de gitans, et à la mort de ma mère, j'ai été recueilli par un docteur qui vient de mourir à son tour.

— Le docteur Grignan ?

Ce fut au tour de Zarkane d'ouvrir de grands yeux.

— J'en ai entendu parler. On m'a dit qu'il s'était suicidé. Condoléances, petit. C'était un brave homme, nos filles allaient souvent…

— Je sais, coupa Zarkane, sèchement.

— Oui, un brave homme, reprit l'Anguille. Dévoué et pas intéressé pour un sou. Un bon con, en somme.

Zarkane se raidit. L'Anguille le fixa, l'œil noir.

— J'ai pas raison ?… Hein ?… C'est pas une insulte, c'est juste une analyse. Je comprends que le mot te choque à cause du deuil. Mais franchement, j'ai pas raison ?

Il y eut un long silence. Et Zarkane dit à mi-voix :

— Peut-être.

— C'est bien, petit, c'est bien, enchaîna l'Anguille. Allez, on parle d'autre chose… Tu vois, moi, j'habite ici. Mais en fait je suis partout chez moi de la rade à Menton. Officiellement, je suis dans le bâtiment. C'est fou ce qu'on construit en ce moment. Et les élus me donnent tous les chantiers. Faut dire que j'ai les meilleurs ouvriers du coin.

Et il éclata de rire. Puis, il commença à expliquer à Zarkane ce qu'il attendait de lui : une dévotion totale, une protection, et des missions d'intimidation ou de règlement de comptes.

— Si tu fais tes preuves, tu pourras être propriétaire un jour, peut-être. Les patrons de boîtes et de restaurants meurent souvent très jeunes par ici. Le surmenage ou la nocivité du tabac, fit-il en souriant.

Puis il reprit un visage et un ton graves. C'était ça, son charme : passer en un millième de seconde d'ange à démon.

— Je suis généreux, Zarkane. Comme tous les vrais égoïstes, le plaisir de faire plaisir m'est essentiel. Si tu le mérites, je ferai de toi un des hommes les plus puissants de cette côte. Mais, si ça arrivait, n'oublie jamais celui qui t'a fait… Jamais ! On peut mourir d'amnésie. Et dans ces cas-là, les souffrances sont terribles.

Après le repas, ils allèrent prendre l'air, allongés sur des transats, sur la terrasse, face à la mer. C'est là que l'Anguille confia sa première mission à Zarkane.

— Tu m'as montré ton courage, petit, mais même s'il est exceptionnel, il te faut quelque chose en plus. Et ce quelque chose, il va falloir me démontrer que tu l'as avant que le jour se lève.

— Je dois faire quoi ?

— Tuer.

— Qui ?

— Qui tu veux. Et sans raison.

Zarkane se sentit légèrement troublé. L'Anguille perçut ce frémissement et enchaîna :

— Si tu veux mériter d'être au plus près de moi, tu dois être insensible à la moindre compassion. Tu vas choisir quelqu'un au hasard, et à qui tu n'as aucune raison d'en vouloir. Et tu vas le tuer. Comme ça, gratuitement. C'est ton examen d'entrée. Je te laisse le choix de l'arme. Je te conseille les mains nues ou le rasoir. Dans les deux cas, on voit les yeux.

Il se leva, fit quelques pas et revint se planter debout devant Zarkane. Pour la même raison qui lui avait fait prendre une chaise simple lors de leur premier face-à-face, alors que Zarkane était enfoncé dans un fauteuil mou : dominer l'autre pour les paroles importantes.

— Tu as l'étoffe d'un chef, Zarkane, pas d'un auxiliaire. Je le sens, je le sais. Le « milieu », comme son nom l'indique, est le centre de tout. Tu seras une cible permanente à trois cent soixante degrés. Tu dois te protéger. Et une seule chose peut te servir de bouclier absolu : le diable qui sera en toi. Une dernière chose. Le courage est une chose, le diable en toi en est une autre, mais il y en a encore une, essentielle : l'intelligence. Pas celle des savants, des instruits, non. L'intelligence de la vie, de la rue et des hommes qui y circulent. Il n'y a pas que des cons chez les voyous, mais tous les cons y sont ! La férocité, c'est l'assurance tous risques. L'intelligence, c'est l'assurance vieillesse.

Quelques minutes plus tard, Zarkane referma derrière lui la grande porte de la villa et s'engagea dans la longue allée bordée de cyprès. Au premier étage, l'Anguille s'était posté à une fenêtre et ne le quittait pas des yeux. À quelques mètres du portail, Zarkane s'arrêta, puis alla se poser sur un banc de pierre blanche au pied d'une petite statue fontaine. Il resta assis de longues minutes puis se redressa et revint sur ses pas.

Il sonna à la porte et ce fut l'Anguille lui-même qui lui ouvrit.

— Je ne pourrais pas tuer quelqu'un sans raison, dit Zarkane. Je suis désolé.

— De toute façon, si tu n'avais pas fait demi-tour, tu n'aurais pas passé le portail. Allez, rentre !

Ils remontèrent dans le grand salon. L'Anguille sortit du tiroir d'un bureau une grosse liasse de billets qu'il tendit à Zarkane.

— Tiens, pour t'acheter une voiture correcte et quelques habits. J'aime l'élégance, c'est une forme de politesse.

Il s'appuya sur le bureau, mit les mains dans ses poches et enchaîna :

— C'est bien, petit, c'est bien. Un instant, j'ai eu peur de m'être trompé. Le milieu est en train de changer doucement. On a vu apparaître une nouvelle race de voyous. Des « jeji », sans aucune moralité, prêts à tuer n'importe qui pour n'importe quoi. Quelquefois pour rien. Pour l'instant, ils ne sont pas très nombreux, mais je sais qu'ils vont nous bouffer un jour. Je craignais que tu sois de ceux-là. Cela m'aurait fait énormément de peine. Moi, je suis de la vieille école, et je compte le rester. Bien sûr, on s'adapte. La drogue sera, dans peu de temps, le revenu le plus sûr.

Alors certains deviennent fous. Moi, je suis un truand, pas un barbare. Je laisse ça aux militaires.

Il se laissa tomber dans un fauteuil et sortit son étui à cigarettes. Il lut dans les yeux de Zarkane une question à laquelle il répondit avant qu'il ne la pose. C'était aussi cet instinct-là qui avait fait de l'Anguille le chef qu'il était devenu.

— Je n'ai pas tué Petit Louis parce que tu l'avais impressionné. On ne tue pas pour si peu. Ou alors dans ces films modernes qui ne ressemblent pas à la réalité mais qui vont finir par la fabriquer à leur image. C'est dangereux, le cinéma. Ça donne des idées. J'ai tué Petit Louis parce que depuis des mois il me trahissait et qu'il était sur le point de m'éliminer. Je l'aurais fait de toute façon, mais ça m'a permis de te tester un peu.

Puis il marqua un temps et demanda presque à mi-voix :

— Est-ce que tu veux vraiment travailler pour moi, petit ?

— Oui, répondit Zarkane sans hésiter.

— Alors, à part la sauvagerie du meurtre gratuit, tout ce que je t'ai dit avant est vrai. Ne l'oublie pas.

Il se releva, se dirigea vers le bureau, ouvrit un tiroir duquel il sortit une photo encadrée. Elle représentait un jeune homme d'une vingtaine d'années. Il avait un visage d'ange et de longs cheveux blonds. Il portait un bandeau rouge sur le front et, autour du cou, un collier noir orné d'une améthyste.

— C'était mon fils, murmura l'Anguille, la voix soudain tremblante. Il avait le même âge que toi. Quand tu as passé cette porte pour la première fois, j'ai cru le voir entrer. Il s'appelait Frank. Il s'était surnommé « Cochise ». Il était fasciné par les Indiens depuis qu'il était tout petit. La maladie me l'a pris il y a deux ans. Pas la peine que je te fasse un dessin. Tu comprends pourquoi je t'aime bien.

L'Anguille fouilla à nouveau dans le tiroir et en sortit le collier noir à l'améthyste. Il le tendit à Zarkane.

— Ne me déçois pas, petit. Ne me déçois jamais.

Zingara, tatouage parme

La cellule. 21 janvier 1999.

Le fond. Le dernier palier. Les poumons prêts à exploser. L'asphyxie.

Zarkane ne peint plus depuis onze jours. Il passe ses journées allongé, à contempler la fresque. La déprime est arrivée d'un coup. Sans aucun signe avant-coureur. Une lassitude brutale. Un immense découragement. La faille. Le précipice.

Le gardien ouvre la porte et entre, souriant.

— Je t'ai trouvé ça, dit-il en montrant une corde usée. Tu vas pas nous faire des bêtises, j'espère ?

Zarkane se redresse d'un bond et ment, presque gai :

— Ça va pas, non ? À quatre ans de la quille. J'ai pas fait le plus gros pour craquer maintenant.

— Tu veux en faire quoi, alors ?

— Secret d'artiste, mon gars, secret d'artiste.

Et le gardien sort, presque rassuré.

De grosses gouttes de pluie martèlent la petite fenêtre. Un temps à ne pas mettre un évadé dehors.

« La Grande Évasion ».

Voilà un beau titre pour un tableau nu ! Zarkane sourit à l'idée de cent critiques d'art s'extasiant devant une toile totalement vierge intitulée : « La Grande Évasion ». Le paroxysme du néant. La prééminence du vide. Il se voit bien présenter à ces experts en cacahuètes de cocktail ce tableau-là sous des applaudissements nourris. Et un deuxième à côté : « La Grande Évasion II », la suite du néant, du vide absolu : un miroir. Pour qu'ils y contemplent leur fatuité imbécile.

Il sourit encore. Mécaniquement. Une dernière pirouette de l'âme avant le grand saut. Puis il approche le tabouret du mur. Il monte dessus et ouvre la petite fenêtre. Il enroule la corde autour du barreau central et fait un nœud solide.

« La Grande Évasion ». S'échapper de la vie. Prendre son âme sous le bras et partir là-haut. Ou là-bas. Ou dessous. Ou nulle part. Personne n'en est revenu pour le dire. Sauter comme Mamma Lisa. Mais de moins haut. D'un tabouret ridicule.

Il noue la corde autour de son cou et ferme les yeux. Et, dans sa tête, les derniers arguments. La partie civile et la défense à l'intérieur de lui, une même voix :

« Oui, Zarkane, oui. Rejoins ceux qui t'ont aimé. Ils t'attendent. »

« Non, Zarkane, non. Plus que quatre ans. Et après, ce que tu t'es promis. Parce que ce salaud doit payer ! »

« Oui, Zarkane, oui. Le chemin n'a pas été facile, mais tu as tout eu. L'amour, l'argent, le bonheur. Pars avant les rides, la maladie. Avant la déchéance obligatoire d'un corps que tu as forgé avec tant d'efforts. Pars avant la déchéance de l'esprit. La plus abominable. Tu n'as pas choisi ton arrivée, sois maître de ton départ. Pars, Zarkane. Pousse du pied le tabouret et pars. »

« Non, Zarkane, non. S'il te plaît ! »

Ce n'est pas sa voix. C'est celle du gardien. Il est planté dans l'encadrement de la porte.

— Je ne t'ai pas cru, Zarkane. Je te connais trop depuis tout ce temps. Ne fais pas ça… S'il te plaît.

Un long silence. Un soupir. Et puis Zarkane dit calmement :

— Donne-moi une bonne raison.

Le gardien baisse la tête et avoue, d'une voix presque inaudible :

— C'est moi qui t'offre des fleurs tous les vendredis. C'est plus fort que moi… Tu es beau… Tu es rare… Je t'aime beaucoup, tu sais. Et ça ne regarde que moi. Je ne te demande rien. Sinon de rester vivant. Pour moi. Tu peux faire ça, non ? Réfléchis bien. Est-ce que tu as déjà fait une seule chose pour les autres dans ta vie ?… Sans aucune contrepartie ?

Zarkane est figé. Encore un long silence. Tendu. Un autre soupir. Et puis, il desserre lentement l'étau de chanvre, descend du tabouret et va s'asseoir sur le lit, la tête dans les mains.

Et il cherche… Rien.

Même les somptueux cadeaux au temps de sa gloire, c'était, avant tout, pour qu'on l'aime. Pour le plaisir égoïste d'entendre : « Merci Zarkane. » Même quand il se battait pour Clovis, c'était pour sa propre invincibilité. Il cherche encore… Rien… Jamais.

Le gardien a récupéré la corde. Il s'agenouille devant Zarkane et lui tend deux pilules blanches.

— Ça va passer. Tiens bon, ça va passer. Prends ça, en attendant. C'est comme une grippe. Il faut te soigner. Ça va passer.

Et il s'éloigne. Avant de passer la porte, il lance affectueusement :

— M'en veux pas, mais comprends que, maintenant, tu vas être surveillé vingt-quatre heures sur vingt-quatre.

Zarkane reste encore quelques secondes prostré. Il n'a toujours pas avalé les cachets. Il les regarde posés dans sa main. Ridiculement petits. Grotesques. De si minuscules palliatifs pour une détresse aussi grande.

Et soudain, une force inconnue semble le soulever. Un souffle intérieur, léger d'abord et de plus en plus puissant. Une poussée. Chaude. Envoûtante. Il ne fait plus un geste. À l'écoute de tous ses sens. C'est fort et enivrant à la fois. Et ses yeux s'illuminent d'un coup. Presque un sourire. Ça y est, il a compris.

Il remonte.

C'était le fond. C'était la mort ou l'élan. C'est l'élan. Le rebond. Le début du voyage retour vers la surface.

« Calme, Zarkane, calme ! Encore plus qu'à la descente. Sans à-coups, Zarkane. Sans à-coups. Quatre ans, si tout va bien. Calme, Zarkane ! Et n'oublie pas. Ne pas devenir fou. Surtout ne pas devenir fou. »

Il attend encore de longues minutes sans bouger. Comme pour être sûr. Ne rien casser. Et puis, il se lève, va jeter les pilules dans l'évier et se dirige vers le chevalet.

« Peindre ça. En vrac multicolore. Le coup de talon au fond. La résurrection. L'amour. Le premier acte gratuit. Sans contrepartie. »

Il revient de loin. La pulsion a été si violente. Il respire mieux. Se maudit presque.

« Et Luigi, alors ? Cette ordure s'en tirerait comme ça ? Non, ça, c'est pas possible. »

C'est comme s'il avait eu un trou noir de quelques minutes. Comme si un autre avait décidé à sa place. Il pense alors à ces gens qui se jettent par la fenêtre et qui ont presque toujours les doigts écorchés. Comme s'ils avaient voulu se retenir au dernier moment, mais trop tard. La même absence de quelques instants qu'ils regrettent à peine le geste entamé. Mamma Lisa n'avait pas les doigts écorchés. Mais Mamma Lisa, c'était un sacrifice, elle.

« Peindre. Peindre. Vite. »

Ne pas devenir fou.

« Peindre sur de la musique gaie. »

Gitane.

Comme les soirs de fête dans le beau restaurant. Quand on dansait sur les tables au son des guitares. Ils venaient de Camargue tous les samedis. Six, sept. Jamais les mêmes. Mais le nom du groupe ne changeait pas : « Flamenca ».

Alors Zarkane jette sur la toile des éclats de rouge, de jaune. Des guitares pendues par leurs cordes à des barreaux de prison. Et des fleurs de toutes les couleurs. Il a toujours adoré les fleurs.

À l'automne 1971, Zarkane avait trouvé un emploi à Clovis : jardinier chef des Fauvettes.

— Je veux que cet endroit devienne un paradis, Clovis ! Je veux des fleurs partout et des fontaines aussi !

— Mais qui va payer ? fit Clovis, affolé.

— Moi, et il est temps que je t'explique comment.

Et pendant une heure, Zarkane raconta tout à son « Frangin ». Jusqu'à ce moment, il n'avait pas jugé bon de le tenir au courant des ombres et des contraintes de sa nouvelle vie. Il lui dévoila donc que, depuis peu, il était devenu le bras droit du plus gros truand de la Côte d'Azur qui le considérait comme son fils. Que si tout se passait bien, ils allaient connaître le bonheur d'être riches et respectés. Avec tout ce qui allait avec. Le risque, bien sûr, le danger, mais aussi le plaisir, la fête et les filles.

Clovis, qui, de toute façon, buvait chacune de ses paroles, ne fut pas plus choqué que ça. Tout juste avança-t-il :

— Si tu penses que c'est bon, c'est bon. Mais, il y a juste un truc que je veux te dire. Je voulais t'en parler depuis longtemps. Je vais en profiter maintenant. Voilà. Tout le plaisir que tu dis, je suis d'accord. Sauf les filles.

Il marqua une pause et glissa à mi-voix :

— Si tu vois ce que je veux dire.

Zarkane ouvrit d'abord de grands yeux, puis se mit à

réfléchir. Clovis redoutait la sentence. Elle tomba sans l'emportement qu'il redoutait.

— OK, Frangin, t'es pédé. Tant mieux pour toi si ça te rend heureux. D'un autre côté, vu la cruauté des filles avec toi, je te comprends un peu.

Clovis eut une phrase étonnante :

— C'est pas à cause des filles, c'est à cause des garçons.

La belle évidence !

Elle fit réfléchir Zarkane toute la nuit au fond de son lit. Et si son envie d'être voyou n'était justifiée par aucune de ses colères sociales, par rien de son enfance d'exclu ? Et s'il était voyou parce qu'il était voyou, tout simplement ? Comme Clovis était homosexuel parce qu'il était homosexuel. Sans prétexte. Et si les hommes passaient leur temps à bâtir leur véritable nature sur des excuses permanentes ? Et si on était méchant juste parce qu'on est né méchant ? Et si les circonstances atténuantes des tribunaux n'étaient qu'un leurre destiné uniquement à renforcer l'ego des avocats ? Et si la seule excuse d'un homme était d'en être un ? Et rien que ça ? Ne le dédouanant d'aucun de ses faux pas ?

Il s'endormit la tête pleine de questions. Cette nuit-là, ses cauchemars firent de lui un tueur. Ridicule. En habit de clown, il assassinait des vieilles dames avec un pistolet à eau. Le sang giclait et leurs petits-enfants, qui assistaient au spectacle, se tordaient de rire. Ainsi, tant il est vrai que les rêves sont la plupart du temps l'inverse de la réalité, c'était là l'annonce de son premier vrai meurtre. Il aurait lieu quelques semaines plus tard, sur l'ordre de l'Anguille. L'assassinat d'une balance ordinaire. Un donneur. Ça se passerait dans une sablière désaffectée. Pas très loin des Fauvettes.

Pendant sa nuit de cauchemar, Zarkane s'agita dans tous les sens. Électrique. Dehors, c'était pareil. Des bourrasques de vent emportaient les feuilles. De grands éclairs blancs illuminaient les arbres tordus. Pas un lièvre. Pas un oiseau. Le grondement du tonnerre. Les volets battaient avec une violence inouïe. L'amorce des séquences à venir. Le film allait devenir un thriller noir et impitoyable.

Pendant les deux premiers mois dans son nouveau monde, l'Anguille emmena Zarkane partout. Il lui fit visiter son royaume. Les restaurants, les boîtes de nuit, les bars. Il lui apprit les machines à sous et les filles, comment monter une équipe, organiser un casse. Il lui fit découvrir aussi les villas des élus, condescendants et dévoués, dont il finançait les campagnes électorales en échange de chantiers de toutes sortes. « Monsieur Fernand », comme ils l'appelaient respectueusement, présentait chaque fois Zarkane comme un fils caché qui avait fait soudain son apparition.

— Il est beau, non ? disait-il, fier. Normal, je l'ai eu avec une gitane sublime qui lui a avoué avant de mourir que j'étais son père.

L'Anguille s'était donc attribué la place de Nicolaï qu'il avait définitivement enterré dans le cimetière à remords. Avec l'accord de Zarkane. Et plus que ça, même. Mamma Lisa méritait bien mieux qu'un matelot des steppes. Ce père de substitution lui allait bien. Et des liens bien plus forts se tissèrent rapidement. L'un prolongeait le fils qu'il n'avait plus, l'autre effaçait pour toujours le père qu'il n'aurait jamais voulu avoir.

Il y eut de belles soirées familiales à la villa du Cap Brun. L'Anguille y faisait venir de temps en temps sa vieille mère. Elle avait, elle aussi, adopté Zarkane avec ce mélange d'amour et de terreur qu'ont toutes les mamans de voyous du monde. Ça lui faisait un enfant de plus pour qui trembler.

Il y avait les fêtes, aussi. Débordantes de rires, de chansons et de filles superbes et dociles. Et l'été venu, c'était Saint-Tropez obligatoire, à deux pas. Enfin, à une demi-heure en voiture de sport. Et là, c'était des nuits de plage et de discothèque avec la jet set.

Les stars de l'époque avaient le voyou nostalgique : des acteurs tellement marqués par leurs rôles de truands qu'il fallait qu'ils prolongent leurs scénarii dans la réalité. Être un peu ce qu'ils jouaient. Le risque en moins. Et cette fierté imbécile de côtoyer des « tueurs en vrai ». Avec un sentiment d'invincibilité et l'exaltation de leur peur la plus profonde : ne plus exister. C'est l'apanage du hors-la-loi. Paraître sans être. La part de l'ombre. La puissance et le secret. Être inconnu, discret, mystérieux et peser de tout son poids sur la vie visible. Un exutoire de parade qu'affectaient aussi des chanteurs nés dans la rue, mais pas pressés d'y retourner, des starlettes en mal de sueurs d'amour glacées, et des metteurs en scène à la recherche de vérité pour leur prochain script noir.

C'était une faune que Zarkane n'appréciait guère au début, mais dans laquelle il se fondit pour le plaisir du plaisir.

En un été, le beau gitan blond devint la coqueluche des plus belles. Il en profita, mais sans excès. Il avait bien retenu toutes les leçons de celui qu'il appelait maintenant Fernand, tout simplement :

— Méfie-toi de la nuit, petit. Elle est bien plus dangereuse que le jour. Parce qu'on y voit mieux. Les âmes et leurs contours. Les faiblesses, les perversions. Toujours contrôler, petit, toujours contrôler. Ne jamais étaler ni sa force, ni son argent. Payer discrètement et fuir les provocations. Pas de bagarres, pas de scandales. Pas d'humiliations non plus. Profiter de la vie, mais jamais de ceux qui la traversent avec toi. Le respect, petit. La politesse. L'élégance. Dans notre métier, les grandes gueules finissent toujours comme elles ont vécu : la bouche ouverte. Avec une balle dans le ventre. Et surtout, n'oublie pas qu'on ne tient pas des affaires mais que ce sont elles qui nous tiennent. C'est le nombre de nos établissements, de nos machines, de nos filles qui nous rend invincibles. Sois vigilant et intraitable. Tu dois être dans un parfait état de nerfs pour que tes intimidations portent leurs fruits. Comme un pilote de Formule 1. Concentré, précis, attentif. Toi aussi tu risques ta vie à chaque tour de piste.

Ainsi parlait l'Anguille à son fils trouvé. Et Zarkane apprenait chaque jour un peu plus.

Un soir de décembre 1971, il apprit à tuer.

Ils étaient quatre. Les mains et les pieds entravés de fils électriques. Les phares de deux voitures éclairaient l'entrée de la sablière désaffectée. Fernand, Zarkane et cinq hommes de main les cernaient. Ils étaient tous yougoslaves.

Ils avaient commencé, un mois plus tôt, à faire travailler des filles de chez eux sur une départementale du Var. Elles se donnaient dans les fourrés pour une somme dérisoire. Elles étaient maigres, affamées et maltraitées. Une équipe de l'Anguille était allée une première fois faire déguerpir les intrus qui cassaient les prix et n'avaient rien à faire sur ce territoire. Téméraires ou tout simplement idiots, les tapins d'occasion et leurs macs en Mercedes de contrebande étaient réapparus sur une autre départementale. Là, la punition avait été plus violente. Les Yougos avaient tous terminé à l'hôpital. Quand la police les avait interrogés, ils avaient balancé toute l'équipe. En donnant des signalements précis.

Évidemment, tous les accusés avaient des alibis en béton armé. Et personne ne fut inquiété. Les balances poussèrent même la bêtise jusqu'à sortir ensemble de l'hôpital et partir dans la même voiture. Ce qui facilita le travail des guetteurs qui avaient décidé de les pister un par un au fur et à mesure de leur sortie.

Ils étaient donc là, pitoyables et déjà bien amochés, à genoux sur le sol poussiéreux. L'Anguille les dévisagea lentement, un par un, et tendit le doigt vers le plus fort en ordonnant :

— Celui-là !

Il sortit un rasoir de la poche de sa gabardine, l'ouvrit et le tendit à Zarkane sans un mot. L'homme se jeta au sol et se mit à hurler dans sa langue. Il pleurait aussi. Deux hommes de main le relevèrent et le firent tenir droit. Zarkane s'avança, attrapa violemment l'homme par les cheveux et lui redressa la tête. Il tremblait de tout son corps. Le coup de rasoir fut net, rapide et profond. La gorge s'ouvrit sur un énorme flot de sang. Il mit trente secondes avant de mourir.

Zarkane se retourna et rendit le rasoir ensanglanté sans un mot.

— Non, c'est le tien maintenant, garde-le, dit l'Anguille.

Et il ajouta à destination d'un de ses hommes de main :

— Josip, puisque c'est ta langue, dis aux autres que je les laisse partir. À une condition : qu'ils racontent partout ce qui s'est passé, sans oublier de dire que c'est moi, l'Anguille, qui les ai punis.

Puis il se pencha à l'oreille de Zarkane.

— C'est comme pour les bonnes entreprises, il y a le savoir-faire et le faire-savoir.

Pendant que Josip traduisait les ordres du patron, les trois Yougoslaves furent délivrés de leurs entraves. Ils commencèrent à se diriger vers la sortie de la sablière. Des coups de feu claquèrent dans leur dos. Deux d'entre eux tombèrent et le troisième disparut dans la nuit.

— Pour la publicité, un seul suffira, dit l'Anguille à Zarkane en rangeant son arme.

À l'arrière de la voiture qui les ramenait vers le Cap Brun, Zarkane était blême. L'Anguille, au bout de deux kilomètres, ordonna au chauffeur :

— Arrête-toi !

Puis, sans se tourner vers Zarkane, il dit calmement :

— Allez, petit, va vomir. Ça fait toujours ça. Je te rassure, la première fois seulement.

De ce baptême du sang, Zarkane ne garda que très peu de souvenirs visuels. Même pas le regard effrayé de la victime, ni ses supplications. Il lui resta pendant quelques mois une odeur seulement. Celle de la mort. Infecte. De sang et d'excréments mélangés.

Durant les mois qui suivirent, l'initiation se poursuivit. Dans un film, on entendrait à ce moment-là une musique vive accompagner des images flash : des intimidations de patrons de bars. Une sortie de banque en cagoule au pas de course. Une poursuite avec les policiers. Des coups de feu tirés à la portière. La lampe d'une garde à vue plantée dans les yeux. Et puis, au ralenti, des sourires et des verres levés autour d'une table débordante de billets s'échappant d'un sac postal. Zarkane, à l'arrière-plan de la tribune du député local, dans un meeting politique. Et à nouveau une poursuite avec des policiers. Encore des coups de feu. Un homme, les yeux bandés, exécuté d'une balle dans la nuque. Les rotatives d'une imprimerie clandestine de faux billets. Encore une intimidation. Un patron de discothèque tremblant, offrant sa caisse de la nuit. Un homme mitraillé à une terrasse de bistrot. Et deux motards casqués qui s'enfuient. Zarkane tout en sourire au volant d'une superbe décapotable, avec à ses côtés une magnifique blonde, cheveux au vent. Et puis, un dernier ralenti sur lequel s'éteindrait la musique : le corps de Mamma Lisa tombant dans la rue du Canon et le regard froid et déterminé de Zarkane en surimpression.

Le spectateur aurait compris l'essentiel : le héros est à présent parfaitement intégré à son nouveau monde. Il est flamboyant, redouté et intouchable. Tout est pour le mieux dans le pire des mondes.

Et l'action pourrait reprendre…

Le 31 janvier 1973, Fernand et Zarkane dînèrent dans un grand restaurant dont les terrasses dominaient la mer, à l'entrée du Cap Brun. Ils étaient dans une petite salle, en retrait. Les deux assis côte à côte, face à la porte, comme tout voyou qui se respecte. Au cas où. Ils parlèrent, une fois de plus de tout et de rien. Un peu du temps qu'il faisait, un peu de politique, un peu de voitures. Ça, c'était le rien. Et puis, ils parlèrent du « Che ».

Il commençait à inquiéter l'Anguille. Le Che, un

Corse aux dents longues, était tout sauf un révolutionnaire. « Chemu » signifiait « fou », « dingue », dans la langue de l'île. Le petit Corse de Palneca s'était décrété chef de guerre sous ce pseudonyme prestigieux. Le Che, c'était la drogue surtout. En parfait visionnaire, l'Anguille prédisait qu'à cause de la montée fulgurante de ce commerce-là, le milieu allait connaître de grands bouleversements, et des heures terribles. Il en revenait à sa crainte obsessionnelle : l'émergence de quelques cinglés prêts à tuer n'importe qui pour n'importe quoi.

— Ça rapporte vraiment tant que ça, la dope ? questionna Zarkane.

— Encore plus que tu imagines, petit. Je t'avoue que c'est tentant. Il faudra peut-être s'y mettre un jour. Mais je ne me sens pas une vocation de Borgia. L'empoisonnement des gamins, c'est pas mon truc. Pour l'instant, je n'y pense pas.

Il mentait. Bien sûr qu'il y pensait. Et tous les jours, même. Il savait bien qu'il faudrait s'y mettre, sous peine de disparaître. Il était coincé entre ses principes et la réalité, le piège de ceux à qui il reste une conscience, dans quelque domaine que ce soit. Et ce n'était même pas pour l'argent. Il avait de quoi se retirer loin et vivre tranquille le reste de ses jours. Mais il y avait le goût du pouvoir. Une drogue en vente libre partout, celle-là. Parce que les hommes sont des monstres chez lesquels le plaisir des plus forts est d'asservir les plus faibles. Tous les très riches du monde le savent. Les très pauvres se consolent avec ce qu'ils peuvent. On leur a donné des dieux pour ça.

— Moi, j'aime bien le Che, fit Zarkane en souriant… Le vrai.

— Moi pas, répliqua l'Anguille.

En fait, il avait détesté Mai 68. Un manque à gagner pour les affaires. La voyoucratie aime bien avoir ses aises. Rien de tel qu'un pays tranquille pour la prospérité de la pègre. Il en voulait au révolutionnaire barbu, imprimé sur tous les tee-shirts des « petits cons » qui avaient mis le pays sens dessus dessous. L'Anguille était gaulliste nostalgique. Par amalgame. Lui aussi était un chef de guerre… Avec des valeurs. Le non-sens élevé au grade de général.

Zarkane jeta un coup d'œil autour de lui, et lança, pour changer de sujet :

— C'est magnifique, ici. J'aimerais bien tenir une affaire comme ça.

— Vraiment ?

— Ça a toujours été mon rêve. Celui de Mamma Lisa, aussi. Quand on crevait de faim dans la rue, elle disait toujours : « Celui qui a un restaurant, il est toujours sûr d'avoir à manger. »

L'Anguille fit claquer ses doigts. La serveuse s'approcha.

— Va me chercher le patron, petite.

Le petit homme chauve accourut presque immédiatement, plié en deux de peur et de condescendance. Il demanda, avec un sourire forcé :

— Il y a un problème, monsieur Fernand ?

Il était terrorisé. Déjà qu'il lui versait une dîme conséquente, il redoutait qu'une faute de service entraîne une amende supplémentaire. L'Anguille planta dans ses yeux son regard le plus noir et dit :

— Tu vas me vendre ton restaurant.

L'homme balbutia :

— Mais… Mais… Je ne veux pas le vendre… Enfin… Je veux dire que…

— Ce n'était pas une question, dit l'Anguille. Tu vas me vendre ton restaurant. Dans les jours qui viennent. Et je veux savoir combien. Ça, c'est une question.

— Mais enfin, monsieur Fernand… Je ne sais pas moi… Comme ça, sans réfléchir… De toute façon… Je ne peux pas vendre comme ça… Il faut que je prévoie autre chose.

L'Anguille frappa du poing sur la table de toutes ses forces. Et il hurla :

— Combien ?

L'homme, qui tremblait de tous ses membres, n'arrivait pas à articuler le moindre mot.

— Allons, allons, fit l'Anguille en retrouvant comme d'habitude son visage d'ange en un millième de seconde. Faut pas s'émouvoir, on parle affaires, c'est tout. Il faut juste qu'on s'entende sur le prix. Allez, viens avec moi !

Il se leva, prit le petit homme par l'épaule, et l'entraîna sur la terrasse.

Il revint seul, dix minutes plus tard. Il s'assit et claqua des doigts.

— Champagne, mademoiselle !

Puis il dit à Zarkane, avec un sourire triomphant :

— Dans une semaine, ce restaurant sera à toi, petit. Puisqu'il paraît qu'on a tout le mois de janvier pour les offrir, disons que ce sont tes étrennes. Le 31 à onze heures, c'était moins une, c'est le cas de le dire.

— Merci, murmura Zarkane.

— De rien, répondit l'Anguille. Il faudra quand même moderniser tout ça. Et puis, changer le nom. Les Terrasses, c'est pas très original. Tu as une idée peut-être ?

Zarkane n'hésita même pas.

— Le Gadjo Magnifico !

— Alors à la santé du Gadjo Magnifico ! lança-t-il, joyeux.

La serveuse remplit les verres et s'éloigna. Zarkane demanda à mi-voix :

— Tu lui as dit quoi ?

— Rien de particulier, répondit l'Anguille. J'ai marchandé pour avoir un bon prix et je crois qu'on a fait une bonne affaire. Avant, on a parlé de son avenir, de sa famille. Il aime beaucoup sa famille. Sa petite-fille, surtout. Elle a six ans. Adorable, mais un vrai casse-cou, semble-t-il. Elle rentre de l'école tous les jours en vélo, toute seule. C'est dangereux, avec tous les chauffards qui traînent. Non ? Un accident est si vite arrivé !

Zarkane blêmit.

— Tu aurais fait ça ?

— Sûrement pas. Mais ce n'est pas ce qu'on fait qui est important, c'est suggérer ce qu'on pourrait faire. Et surtout, la manière de le dire. S'il avait refusé, on aurait trouvé autre chose. Mais il ne pouvait pas refuser.

Il y eut trois mois de travaux et, en mai 1973, on inaugura le Gadjo Magnifico. Avec un « G » et un « M » majuscules. La soirée fut grandiose. Dans un décor de fête, tout le monde s'extasia sur la beauté de l'endroit. C'était devenu un immense restaurant, mi-italien, mi-espagnol, avec des tables à nappes rouge et blanc. La cuisine était simple et gaie. Il y avait des salons plus intimes, et un bar où pianotait en permanence un vieux chanteur de mélodies napolitaines. La nostalgie maffieuse de l'Anguille l'avait imposé. Et Zarkane avait « gitanisé » le reste. Quand Marino lâchait son piano, un guitariste prenait le relais, accompagné par un violoniste tzigane. Il y avait aussi une petite scène. Zarkane avait décidé de faire venir tous les vendredis un spectacle de music-hall : magiciens, ventriloques, acrobates. Des artistes de seconde zone, pas bien chers, mais efficaces à tous les coups.

Pour cette soirée d'inauguration, le gratin de la pègre avait été convié. Même François Spirito, la légende, avait fait un passage éclair. Il y avait aussi des notables et quelques stars amies qui se pressaient autour du buffet somptueux préparé par le plus grand chef étoilé de la Côte d'Azur. Clovis n'en finissait pas de se faire photographier à côté des quelques célébrités présentes.

Vers deux heures du matin, la salle commença à se vider. Zarkane, impeccablement vêtu de noir, se faisait un point d'honneur de raccompagner tous les invités avec un mot aimable pour chacun.

Soudain, une femme blonde, qui avait dû être très belle, le bouscula en s'excusant :

— Pardon… Oh, tenez, j'allais l'emporter…

Et elle lui tendit son verre à moitié vide de Zingara, le cocktail maison de la soirée. Les traces de son rouge à lèvres parme en avaient tatoué tout le bord.

Dehors, au pied de l'escalier, un homme très classe, son mari certainement, attendait dans une grosse voiture dont le moteur tournait.

— Qu'est-ce que tu foutais ? lança-t-il, impatient.

— J'étais aux toilettes, c'est pas un crime, répondit la femme, agacée.

Elle descendit les escaliers sans se presser. L'homme hocha la tête, l'air excédé et ordonna :

— Allez, dépêche-toi, Orane !

Zarkane eut juste le temps de la voir s'engouffrer dans la berline noire qui démarra immédiatement en faisant crisser les graviers. Il appela Fernand qui serrait des mains quelques mètres plus loin.

— C'était qui le type, avec la grande blonde au tailleur mauve ?

— Tu l'as remarquée, répondit Fernand, goguenard. C'est vrai qu'elle ne passe pas inaperçue. Lui, c'est Pierre Grazziani, un chirurgien esthétique de Marseille. Le plus connu de la région. Elle, c'est sa femme. Angèle ou Orane, je crois. Enfin un prénom à la Pagnol. Chaude comme la braise. Ils organisent des « rencontres », comme ils disent, de temps en temps chez eux. Des partouzes, quoi ! Si tu veux, je te donnerai l'adresse.

Zarkane sortit sur la terrasse. Il éclata au sol avec rage le verre de Zingara tatoué parme, alluma une cigarette, fixa la lune pleine et se mit à penser au Hasard. Ce hasard majuscule qui avait amené Orane à sa soirée d'inauguration. Le même qui avait fait s'évanouir Mamma Lisa rue du Canon, au pied de l'immeuble où se trouvait le cabinet de Papa Charly. Le même encore qui avait envoyé des marins russes à Toulon. « Gepetto », pensa-t-il en souriant. Le grand marionnettiste qui, de là-haut, tire les ficelles de nos vies. Qui sait ? Assis sur la lune, avec une longue canne à pêche invisible. Il sourit encore. Gepetto, c'était rigolo, comme nom de Dieu. Si ça se trouve c'était lui, le chef des autres. Celui qui dirigeait tout en secret. Le parrain. L'Anguille du ciel.

— À quoi tu penses ? fit une voix derrière lui.

— À toi.

Il se retourna, prit Fernand dans ses bras, le serra contre lui, et dit :

— Je ne te décevrai pas… Jamais… Merci.

Fernand eut un léger soubresaut. Ses yeux se mouillèrent. L'instant était merveilleux. C'est dire si la voix qui l'interrompit eut un son désagréable, malgré un accent corse doux et chantant.

— Je m'excuse de déranger, mais je ne pouvais pas

partir sans te remercier de m'avoir invité à cette belle soirée.

Le Che venait de faire irruption sur la terrasse. Napoléonien jusqu'à la caricature. C'était un petit homme brun un peu enveloppé, au regard noir vif. Il portait une gabardine fermée. Il avait une main dans le dos et l'autre, non pas entre deux boutons du manteau, mais dans la poche. Pour ne pas pousser tout de même le mimétisme jusqu'au ridicule. Il était flanqué de deux « grognards », tout de noir vêtus, chapeaux en feutre en guise de pare-soleil, eux aussi proches de la caricature. Ils se donnèrent une longue accolade et le Che y alla de son compliment :

— Le restaurant est sublime. C'est une belle réussite, Fernand. Et le petit est à l'image de l'endroit. Beau, grand et sympathique. *Pace è salute !*

L'Anguille le regarda s'éloigner en frottant ses mains lentement l'une sur l'autre, comme chaque fois qu'il contenait une vraie émotion. Dès qu'il eut franchi la porte, il murmura à Zarkane :

— Un jour, un de nous deux tuera l'autre.

C'était écrit.

Mais serait-ce Austerlitz ou Waterloo ?

Laora, *la strada*

La cellule. 12 février 1999.

Le miroir est posé sur l'évier. Zarkane a décidé d'y entrer de haut en bas. Pour l'instant, il n'y voit que l'améthyste de Cochise. Il le prend à deux mains et commence à le lever lentement. D'abord les rides du cou. Nouvelles. Et puis la bouche. Légèrement affaissée. Les sillons de part et d'autre sont un peu plus marqués. Les zébrures sous les yeux à peine plus nombreuses. C'est le regard qui le trouble le plus. Comme si c'était celui d'un autre. Il l'attendait un peu éteint. Mais il est encore plus brillant. Pendant quelques secondes, il a du mal à associer cet œil fort et perçant à la fragilité qu'il sent encore en lui depuis le début, encore récent, de sa remontée.

Il a refusé le miroir pendant onze ans par précaution.

Pour ne pas devenir fou.

Encore et toujours. Pour ne pas augmenter la torture de ne vivre qu'avec lui.

Cette vision inattendue le remplit de bonheur. D'euphorie, presque. La bonne surprise ! Ainsi, le temps l'a à peine marqué et son magnétisme s'est accru. Il se sourit. Ce reflet porte en lui une certitude. Il ne deviendra pas fou. Plus maintenant.

Le gardien n'a pas voulu interrompre l'instant. Il est entré sans que Zarkane s'en rende compte et a attendu, immobile, en s'empêchant presque de respirer pour ne rien troubler.

Il se racle la gorge. Zarkane tourne la tête.

— Une visite pour toi, tu viens ?

— Non, répond Zarkane sèchement.

Mais lorsque le gardien lui dépeint la visiteuse, Zarkane se fige. Ça fait beaucoup pour aujourd'hui. Au moins dix paliers à la fois !

Jusqu'à cet instant, il a toujours refusé le « parloir » aux amis de la vie d'avant. Il faut dire qu'en dix ans, ils n'ont été que six ou sept. Mais le meurtre était tellement abominable. Alors l'amitié soit, mais pour entendre quoi ? Une compassion balbutiante. Des poncifs d'espérance. Une consolation ordinaire, faite de réconforts qui sonnent faux. À quoi bon ?

Mais là, c'est Laura. « Laora », comme elle se présentait avec son bel accent italien. Ce n'est pas une amie. C'était un amour. Le plus fou. Le plus flamboyant. Sa Laora. Sa *strada*.

— Va lui dire que j'arrive ! lance-t-il au gardien.

Quelques minutes plus tard, il pousse la porte de la petite salle. Elle est assise derrière une petite table simple. Elle n'a pas beaucoup changé. À peine vieillie.

Toute menue. Presque invisible, s'il n'y avait ses grands yeux tristes qui lui mangent le visage.

Et les voilà statues. Figés, les deux. Sans un mot. Juste le regard planté.

Et puis, Zarkane s'avance et s'assoit lentement face à elle. Un mètre de vieux bois seulement les sépare. Comme un vestige de vingt ans d'absence, sans aucune nouvelle. Une minuscule barrière pour ne pas s'étreindre trop vite.

C'est elle qui tend la main à plat sur la table. Il y pose la sienne. Elle dit simplement :

— Voilà.

Banal. Presque ridicule. À proportion inverse de la richesse de l'instant. Il ne fallait pas se tromper de premier mot. Alors celui-là est venu tout seul. Neutre. Incroyablement ordinaire pour des retrouvailles tant chargées d'émotion.

Le gardien, au premier mot échangé, s'est éclipsé. Par pudeur.

Et voilà Zarkane et Laura seuls vraiment. De toute façon, ils l'étaient déjà. Sculptés l'un dans l'autre comme ils l'avaient été au premier regard, il y a vingt ans, quand elle avait commencé à jouer les premières notes…

Ce vendredi-là, le Gadjo Magnifico était bourré à craquer. Deux cents personnes au moins, entassées dans la salle dont la lumière s'éteignait doucement. Bientôt, il n'y eut plus qu'un projecteur blanc qui inondait le centre de la scène. Et Gelsomina entra et se mit à jouer, à la trompette, l'air de *La Strada*.

Ils s'appelaient « Les Zampanos ». Un hommage au chef-d'œuvre de Fellini. Là, Anthony Quinn se nommait Marcello. Il était très grand, sec, le visage taillé au couteau. Un magicien, qui expulsait de ses manches des colombes apeurées, transformait l'eau en vin. Au final, il coupait Gelsomina en deux. Un numéro assez moyen s'il n'y avait eu la mélopée poignante que jouait réellement le petit bout de femme. Elle était Giulietta Masina à s'y méprendre. Le pantalon trop court, le chapeau melon sur des cheveux d'épouvantail et les grands yeux tristes.

Zarkane, appuyé au bar, n'avait rien vu des tours d'illusion. Dès qu'elle avait commencé à jouer, il n'avait plus quitté des yeux le visage de cette Gelsomina plus vraie que nature. Une émotion inconnue l'avait envahi. La musique, bien sûr. Mais surtout, il y avait dans cette petite femme fragile quelque chose de Mamma Lisa. Un désespoir, une âme.

Comme si un aimant invisible avait attiré son regard, au bout de quelques notes, le petit clown triste avait planté ses yeux dans ceux de Zarkane, et ne les avait plus quittés. Il lui semblait que ce regard appelait au secours. Le personnage, sûrement. Et puis, à la fin du morceau, dans une chorégraphie maladroite, elle était allée se faire scier en deux sous les applaudissements polis de la salle.

Pendant le « découpage », il appela un serveur.

— Après le spectacle, va les voir et dis que j'offre un verre au calme.

— Aux deux ? demanda le serveur avec un sourire.
— Non, à elle seulement.

Une demi-heure plus tard, Laura entra timidement dans le petit salon privé. Le plus beau des trois qui donnaient sur la mer.

Ce n'était pas le personnage. Elle avait vraiment le regard triste. Pourtant, lorsqu'elle se mit à sourire, tout son être s'auréola. Comment pouvait-on passer aussi vite de l'ombre au soleil ? Zarkane était fasciné par ce petit bout de femme tout juste jolie.

En quelques années de vie d'homme, il avait possédé les plus belles. Sans difficulté. C'est une loi de la nature. Les beaux vont aux belles, et les belles aux beaux, presque immanquablement. Comme l'argent va à l'argent et l'appétit aux ogres. Et si quelquefois on croise des couples totalement dépareillés, il ne peut y avoir que deux explications : l'intéressement provisoire ou l'amour éternel.

Laura n'était ni très belle, ni offerte. Elle était Laura. Unique. Sans fard. Blessée à coup sûr. Zarkane, pour la première fois, se voyait l'âme dans ses yeux miroir. On appelle ça « coup de foudre ». Ou « flash », sans le bruit du tonnerre. Les plus romantiques y mêlent même Cupidon et ses flèches incendiaires. C'était tout ça réuni. Pour la première fois.

Ils parlèrent pendant près d'une heure. Il apprit qu'elle vivait avec Marcello depuis quatre ans. Qu'elle était « plutôt » heureuse avec lui, même s'il était un peu jaloux comme tous les Italiens. Que ce petit numéro leur permettait de vivre à peu près bien, de petites scènes en « arbres de Noël » pour enfants. Qu'elle venait d'un village près de Foggia, dans les Pouilles. Qu'elle trouvait que le Gadjo Magnifico était un superbe endroit. Et qu'elle espérait bien que Zarkane les engagerait à nouveau. Il lui mentit que le numéro était de grande qualité, et qu'il les reprendrait le plus vite possible. Il la laissa partir après lui avoir baisé la main en gentleman. Ça aussi, c'était la première fois.

Vingt minutes plus tard, le portier se précipita dans le restaurant et vint dire à l'oreille de Zarkane :

— Venez vite, il y a embrouille ! Sur le parking, derrière !

Zarkane traversa les cuisines en courant et déboucha sur le terre-plein où se garaient les voitures du personnel et des artistes.

Laura était allongée dans la poussière au pied d'une vieille Fiat débordant du matériel du spectacle. Elle sanglotait, le visage en sang et la robe déchirée. Déchaîné, Marcello donnait de grands coups de poing sur la carrosserie. Il hurlait :

— *Tu sei una maiala... Una grossa puttana...*

Piscio su di te e sulla tua famiglia. Una cagna è molto meglio di te !

Zarkane fit signe aux hommes qui l'avaient accompagné de s'occuper de Laura.

Marcello s'interposa :

— Vous, la touchez pas ! C'est notre problème. Foutez le camp !

Zarkane sortit son arme et la dirigea vers le magicien qui s'immobilisa d'un coup et commença à lever les mains.

— Oh, mais c'est quoi ça ? fit-il d'une voix tremblante. *Signor*, c'est pas grave tout ça, c'est une histoire d'amoureux seulement.

Zarkane, les mâchoires serrées, ordonna :

— Monte dans ta poubelle et casse-toi !

— *Ma*, et Laura ?

Zarkane tira en l'air et hurla :

— Barre-toi, vite !

Marcello se glissa précipitamment dans la petite voiture, s'y prit à trois fois pour la faire démarrer, et s'éloigna. Par la vitre ouverte de la portière, il continua à lancer des insultes en italien. Et il disparut.

Laura passa la nuit dans une chambre d'amis de la toute nouvelle villa de Zarkane qui jouxtait le restaurant. Auparavant, un docteur était venu. Il avait diagnostiqué une petite fracture du poignet et des contusions multiples, mais rien de très grave. Il avait pris Zarkane à part pour lui confier qu'à son avis, ce n'était pas la première fois. Laura portait sur tout le corps des stigmates de coups anciens.

Pendant une grande partie de ce qui restait de la nuit, elle se confia. Elle avoua que Marcello la battait régulièrement. Par jalousie. Et quelquefois même pas. Pourquoi restait-elle ? Pourquoi se taisait-elle ? C'était le grand mystère des femmes battues. La peur des représailles ? L'appréhension de partir vers un ailleurs incertain ? Qui était vraiment responsable ? Lui, bien sûr, monstrueusement impardonnable et lâche. Elle aussi, peut-être, de n'avoir pas fui à la première gifle, lui donnant de fait la permission tacite de continuer. À faire hurler les féministes ! Mais les bourreaux ne sont-ils pas parfois asservis à la condescendance de leurs victimes ? Toutes les alcôves du monde sont pleines de maris paranoïaques implorant le pardon de leurs martyrs. Une étreinte suffit à l'accorder. À qui la faute ? Certainement à des dignités jetables. Mais si l'homme est un loup pour l'homme, il l'est pour la femme encore plus. Alors, rien, absolument rien, ne peut justifier la barbarie conjugale. Rien ne justifie non plus de rester en cage quand la grille est ouverte.

Il fallut attendre le petit jour pour que l'oiseau se décide enfin à s'envoler définitivement.

Laura resterait au Gadjo Magnifico. Zarkane lui trouverait un travail en salle. Elle pourrait même refaire sa Gelsomina seule, si elle le souhaitait. Et chanter au piano aussi, puisqu'elle avait avoué à Zarkane que c'était son premier métier. De toute façon, Zarkane garderait Laura, protégerait Laura. Aimerait Laura. Ça, il ne le lui avait pas dit. Mais c'était une évidence : ces deux-là allaient faire un long bout de chemin ensemble.

— Et si Marcello revient me chercher ?

Zarkane se contenta de répondre par une moue rassurante.

Marcello revint effectivement le lendemain. Tout en excuses. Il s'était emporté stupidement : une jalousie injustifiée. Il balbutiait, pleurait même, à la fois sur son amour et sur le numéro qui ne pouvait pas continuer sans elle. Zarkane, seul, l'avait reçu calmement. Il l'avait finalement convaincu d'attendre quelques jours, le temps des cicatrices. Et de revenir au cas où.

Il n'en eut pas l'occasion. Un tour de magie raté, sans doute. À l'instar d'Houdini : comment sortir d'une voiture immergée dans les calanques de Cassis quand on est solidement ficelé au siège avant ?… Qui plus est avec une balle dans la tête ?

Fondu au noir… Ellipse… Fondu au blanc… Robe de mariée.

Laura devint la femme de Zarkane, à peine un an plus tard. En juin 1974. La tentation d'un remake des premières minutes du *Parrain* était évidente, mais elle avait souhaité un mariage discret. En famille. La vraie, seulement. Le repas se passa aux Fauvettes, avec tout juste quelques guitares gitanes et une seule grande table pour une vingtaine d'invités. C'était le point d'orgue logique d'un an d'amour tranquille.

Laura n'avait cédé à Zarkane qu'au bout de deux

semaines. Leurs peaux, c'était si important, se mariaient parfaitement. Cela n'aurait pu être que ça. Mais ils s'aperçurent tout de suite qu'ils s'aimaient vraiment. À égalité de tendresse. Les cœurs siamois. Elle était tout ce qu'il lui fallait. Tout ce que, jusqu'à ce jour, il ne cherchait pas. Elle était pudique, intelligente, et ne le trouvait pas si beau que ça. Mais si attachant. Elle ne jugeait pas ses activités buissonnières. Ne s'extasiait pas non plus. Il était voyou ? Et alors, pourquoi pas ? Il pouvait bien y avoir des démons en public qui s'avéraient être anges en privé. Il y avait bien des docteurs malades !

Elle devint, en très peu de temps, l'autre âme du Gadjo Magnifico. La femme du patron, bien avant la mairie. Discrète, douce et respectée pour ce qu'elle était, si différente de ces femmes de voyous ton sur ton. Voyantes et barbouillées. La blondeur presque obligatoire et le vocabulaire meuglant.

Elle avait décoré la villa de dizaines de petits anges de toutes formes. Certainement le symbole des bébés qu'elle espérait. Elle avait un problème de ce côté-là. Une incapacité à tomber enceinte. Les médecins lui avaient conseillé de ne plus y penser. Sa stérilité n'était pas définitive. Un blocage. Peut-être dû aux violences d'avant. Mais ça viendrait un jour. Alors, en attendant, elle collectionnait les chérubins.

Fernand l'aimait énormément. Elle lui rappelait celle qu'il avait surnommée affectueusement la « Louve ». La mère de Frank, qui était morte deux mois après son fils. Médicalement, d'une crise cardiaque. Bien plus probablement de chagrin. Quand on perd un trop gros morceau du cœur, ce qui reste ne suffit pas.

— C'est une femme, une vraie, avait dit Fernand à Zarkane, le jour où il la lui avait présentée.

Et il avait ajouté :

— Un jour, tu l'épouseras.

Cette belle journée de noces d'été fut à la fois une journée de paix et de guerre. Pendant qu'on se réjouissait aux Fauvettes, une autre réunion de famille se tenait dans une villa du bord de mer de Bormes-les-Mimosas.

L'Anguille, depuis quelques mois, avait finalement choisi entre ses principes et la survie. Il s'était adjoint les services du « Grenoblois », spécialiste ès drogues. Fort de la réputation de son nouveau patron, celui-ci avait commencé une campagne de recrutement sans discrétion de chimistes et de revendeurs. Non seulement Fernand voulait attaquer le marché, mais il voulait que ça se sache. On n'en était qu'aux prémices, mais le Che, premier informé, ne tolérait pas que l'Anguille brise ainsi en sournois un pacte tacite de non-concurrence. Il piqua d'ailleurs une colère terrible. Napoléonienne. La guerre fut décidée dans la villa de Bormes-les-Mimosas au moment même où, aux Fauvettes, claquait le premier bouchon de champagne. La première détonation.

Le Che, dès le lendemain, demanda à rencontrer Fernand. Ce genre de déclaration de guerre ne pouvait pas se faire sans une dernière tentative de conciliation. Fernand refusa. Le petit Corse opta alors pour une solution un peu plus spectaculaire.

Quelques jours après le mariage, Zarkane et Laura s'apprêtaient à partir en voyage de noces en Amérique du Sud. La veille du départ, le jeune marié fit monter Laura à l'avant de la luxueuse voiture de sport et démarra sans rien dire.

— On va où ? demanda-t-elle, intriguée.

— Je voudrais te présenter à ma maman.

Zarkane n'était plus jamais revenu dans le petit cimetière du Revest. Puisque Mamma Lisa était le soleil, pourquoi lui rendre visite sous la terre ? Mais ce jour-là était peut-être le plus heureux qu'il ait jamais connu. Il aimait Laura, Laura l'aimait. Et il allait quitter le pays pour la première fois. Une migration volontaire. Tout un symbole.

C'était venu comme une envie soudaine. Le besoin de murmurer à Mamma Lisa : « Vois comme elle est belle. Elle te ressemble. Vois comme il est heureux ton Gadjo magnifico. »

Murmurer. Juste murmurer. On ne peut pas murmurer au soleil. Il est trop loin.

Zarkane et Laura, tout à leur bonheur, n'avaient pas remarqué que deux grosses voitures les avaient pris en filature. Ils laissèrent leur bolide sur la petite place du village et descendirent main dans la main vers le petit cimetière. Zarkane s'étonna que la tombe soit parfaitement entretenue et fleurie. Des employés municipaux consciencieux, sans doute ! Il fit les présentations et commença à tout raconter à Laura. Tout. Jusque-là, il avait toujours été évasif sur son enfance, et le chemin qui l'avait mené où il était. Laura, d'ailleurs, ne le questionnait jamais. Une qualité de plus.

Ils entendirent des pas derrière eux. Zarkane se retourna et vit s'avancer le Che entouré de quatre gardes du corps. Il les laissa un peu en retrait et s'avança seul. C'est à ce moment que Zarkane s'aperçut que l'euphorie lui avait fait oublier les précautions élémentaires : ne jamais se déplacer sans une surveillance et être toujours armé. Il avait omis l'un et l'autre. Fernand allait le maudire.

— Bonjour, petit, fit le Che, en souriant. Depuis que nous te suivons, nous espérions que tu t'arrêterais dans un endroit calme, on ne pouvait pas faire mieux.

— Tu veux quoi ? fit Zarkane, agressif.

— Calme, petit, calme. On ne va quand même pas abréger la conversation aussi vite, hein ? Remarque que si c'était le cas, l'endroit est parfait. Pas de frais de transport !

Les quatre gardes du corps sourirent en même temps.

— Voilà, petit, je vais te charger d'un message pour l'ordure qui te sert de père.

Zarkane eut un sursaut, et aussitôt les quatre gardes

du corps dégainèrent en même temps et se rapprochèrent. Le Che enchaîna :

— Je reprends. Ce porc n'a pas daigné me recevoir. Alors dis-lui que la guerre est déclarée. Et qu'elle sera terrible. À moins qu'il ne renonce définitivement à venir jouer dans mon jardin. Dis-lui aussi que le Grenoblois a eu un accident de voiture. La voiture n'a rien. Et le chauffeur s'excuse de l'avoir fauché, comme ça en pleine rue. Voilà ce qui arrive quand on ne traverse pas dans les clous.

Zarkane resta de marbre.

Puis le Che demanda en montrant la tombe :

— C'est qui ?

— Ma mère, répondit Zarkane, les mâchoires serrées.

Le Che ouvrit sa gabardine, défit son pantalon et se mit à uriner sur la tombe.

À peine Zarkane fit-il un pas en avant, qu'un garde du corps attrapa Laura et lui mit le canon de son arme sur le cou.

— Fais pas le con, petit, fais pas le con, dit calmement le Che, en continuant de se vider. Tu ne l'as quand même pas épousée pour être veuf aussi vite.

Il prit tout son temps, puis se rhabilla et donna le signal du départ. Ils partirent sans lâcher Laura. Ils ne la jetèrent par terre que lorsqu'ils furent à l'entrée du cimetière.

Zarkane se précipita.

— Ça va ?

— Oui, ça va, répondit Laura, tremblante.

Il la serra dans ses bras. Elle pleurait. Elle se redressa et l'embrassa à pleine bouche. Puis elle le regarda droit dans les yeux et lui dit :

— Je t'aime, mon amour. Je veux bien mourir pour toi, mais pas après toi.

Ils remirent à plus tard le voyage en Amérique du Sud pour cause de guérilla. Pas là-bas. Ici. Le conflit ferait, en deux ans, des victimes par dizaines. Sans compter les overdoses. La police se contenterait de compter les coups, ravie de l'aubaine. Il y aurait des guets-apens, des trahisons, des exécutions sommaires, des résistants, des collaborateurs. Enfin, une guerre normale. Une guerre en temps de paix, comme si les autres ne suffisaient pas !

Ce serait la première guerre de Zarkane.

Il ne savait pas encore qu'il la perdrait.

Pas la guerre… Laura.

Matteo ou Clélia

12 février 1999, encore. La cellule. La nuit.

Zarkane peint. De mémoire proche. Avec, en flashback, les images de l'après-midi au parloir : Laura est restée une demi-heure, assise face à lui. Et puis, sans se concerter, ils se sont levés exactement au même moment et se sont serrés dans les bras l'un et l'autre. Et ils sont restés ainsi. Une demi-heure aussi. Sans bouger. En se parlant à l'oreille. Se disant les mots qu'on ne doit pas prononcer à haute voix. Même pas des secrets. Sans une caresse, sans un baiser. Et puis, elle est partie sans même un dernier regard. De toute façon, elle n'aurait pas vu ses yeux. Il lui tournait le dos. Il pleurait. De joie et de peine. De colère et de soulagement. Elle a dit qu'elle reviendrait peut-être. Il sait qu'elle reviendra sûrement.

Il est presque minuit et Zarkane peint. Aucune musique en lui. Juste la voix de Laura. Une mélopée rauque et sensuelle. *Una voce*. Chaque mot de leur entretien, chaque respiration entre deux phrases chantent en lui.

D'abord, elle lui avait résumé sa nouvelle vie en deux phrases :

— Je suis divorcée depuis deux ans, et je viens de m'installer seule près d'Aix-en-Provence.

Rien de plus. Quand il avait voulu parler, elle lui avait mis doucement le doigt sur la bouche en murmurant : « Chut ! » Et, pendant une demi-heure, elle lui avait expliqué pourquoi il y a vingt ans elle était partie pour toujours. Et pourquoi toujours se terminait aujourd'hui. Elle n'avait pas versé une seule larme. Ne lui avait posé aucune question sur ce qui l'avait conduit là. Elle lui caressait le visage de temps en temps. Et, juste avant de se lever, elle avait dit, la voix tremblante :

— J'avais tellement peur que tu m'aies oubliée.

Zarkane peint.

Millimètre par millimètre. Pas sur une toile vierge. Le tableau existe depuis des années, mais il est incomplet. Il a été obligé de nettoyer le blanc des yeux qui avait un peu jauni avec le temps. Tellement de temps. Sa première œuvre inachevée. Cette toile qui ne l'a jamais quitté et que ce soir il va enfin terminer : un portrait de Mamma Lisa. Son visage de madone, ses longs cheveux noirs et les deux espaces vides de part et d'autre du nez. Une femme sans yeux. Parce qu'il avait eu beau tordre sa mémoire dans tous les sens, il n'était jamais arrivé à reproduire son dernier regard. Juste avant qu'elle saute. Ce regard fier, plein, débordant d'amour. Sacrificiel et irréversible.

Et puis, cet après-midi, les yeux de Laura… Ce regard-là.

Zarkane peint les yeux de Laura et Mamma Lisa le regarde enfin. Laura et Mamma Lisa : *la* femme de *ses* vies… Et puis, il soulève le tableau et le pose sur la petite table. Il ne détruira pas celui-là… Jamais.

Il va s'allonger sur le lit et se recroqueville sur le côté, en fœtus. Seule la clarté de la lune arrose la cellule. Les yeux de Mamma Laura brillent. *Elles* le regardent tendrement, le bercent et finalement l'endorment.

Et son rêve le transporte dans un désert à perte de vue. Sans dune. Une étendue de sable infinie sur laquelle tombe une neige serrée. Parce que tout peut arriver. Il se voit marcher, de dos, en tenant deux fillettes par la main : la petite Lisa et la petite Laura. Et tout à coup, le sol se met à trembler…

C'est son lit qui bouge. Le gardien est penché sur lui, le souffle court.

— Réveille-toi Zarkane !… Réveille-toi !

— Qu'est-ce qu'il y a ?

— Une mauvaise nouvelle, Luigi est à l'hosto… Tentative de suicide. C'est Zoran qui m'a prévenu.

« Oh, non. Pas ça ! Pas après tout ce temps. Cette ordure ne peut pas mourir sans moi, c'est pas possible ! Elle est à moi, sa mort ! »

— Qu'est-ce que tu comptes faire ? demande le gardien.

— Qu'est-ce que tu veux que je fasse ? soupire Zarkane.

— D'ici deux ou trois heures, je vais savoir s'il peut s'en sortir, dès que j'ai des nouvelles, je te préviens. Tu sais, d'après ce qu'on m'a dit…

Zarkane n'écoute même pas la suite. Il est déjà reparti en voyage dans sa tête avec la petite Laura et la petite Mamma Lisa. Les yeux ouverts, cette fois.

Soudain, un mirage ! Non. Une oasis, en vrai. Des palmiers au bord de la mer. Le gardien vient de dire : « … entre la vie et la mort… ». C'est sans doute pour ça que l'imaginaire de Zarkane dessine instantanément la promenade des Anglais. Une nuit d'août 1976.

La guerre entre l'Anguille et le Che avait fait une centaine de morts en un peu plus de deux ans. Des égorgements, des maisons brûlées, des bombes artisanales, des mitraillades, des accidents sans causes. Et, bien sûr, des photos presque quotidiennement à la une des journaux locaux. Des corps allongés recouverts d'un drap. Le sang sur le bitume. Les déclarations d'impuissance des policiers. Et toujours le même titre : « Victime probablement d'un règlement de comptes ». Le mensonge perpétuel. « Probablement » était faux. Tous les journalistes savaient que ce n'était pas une éventualité mais une certitude. Et surtout, ça ne réglait aucun compte. Ça augmentait juste l'addition, en permanence.

Un orage venait de détremper la chaussée niçoise. La voiture s'arrêta au feu rouge de la route de Fabron, derrière une camionnette de fruits et légumes. Laura, la tête posée sur l'épaule de Zarkane, chantait *La Maladie d'amour* en duo avec la radio.

— Il passe au Pharo, à Marseille, samedi prochain. Si tu veux, on peut…

« *Elle fait chanter les hommes et…* »

La rafale de mitraillette coupa la parole à Zarkane et à Michel Sardou. Le centième de seconde où Zarkane avait vu la bâche de la camionnette frissonner avant qu'elle s'ouvre sur les tueurs lui avait certainement sauvé la vie.

S'il avait jeté un coup d'œil ailleurs à ce moment-là, il serait mort. Encore une fois, Fernand avait raison : « Une camionnette à l'arrêt, c'est le meilleur stand de tir. »

Il s'était jeté sur Laura pour la couvrir en glissant sous le volant.

Instantanément, Pierrot et Félix avaient jailli de la voiture suiveuse en mitraillant à leur tour. Un des tueurs avait basculé en arrière et la camionnette avait démarré dans un crissement de pneus.

— Ça va ? demanda Zarkane.

Le silence qui suivit lui écrasa la poitrine. Il redressa Laura dont la tête partit en arrière. Un long filet de sang coulait le long de son cou.

Deux heures plus tard, Pierrot et Félix attendaient debout à l'entrée du couloir triste de l'hôpital. Fernand apparut dans l'embrasure de la porte derrière eux. Il fit deux pas, s'arrêta, et les gifla tous les deux à la volée. Puis, il fit encore quelques pas et s'assit à côté de Zarkane dans un fauteuil en plastique.

— Ils ne pouvaient rien faire ! plaida Zarkane.

— C'est pour le principe ! Et c'est un minimum !

Il commença à frotter ses mains nerveusement, et demanda :

— Alors ?

— Entre la vie et la mort, fit Zarkane d'une voix éteinte. Mais, par bonheur, si elle s'en sort, il n'y aura pas de séquelles.

Fernand resta silencieux.

— Si je la perds, reprit Zarkane les poings serrés, je te promets…

— Tu promets rien ! le coupa Fernand. C'est moi qui promets !

— Je viendrai avec toi.

— Oui… pour signer la paix, lâcha Fernand.

Zarkane ouvrit de grands yeux.

— De toute façon, il faut arrêter les conneries, reprit Fernand d'une voix lasse. On passe trop de temps à se méfier ou à se flinguer entre nous. On bosse plus. Il y a des Lyonnais qui commencent à s'incruster et on ne s'en occupe même pas.

— Et alors ?

— Alors, je vais proposer un pacte. Une alliance. Collaborer pour grandir ensemble. Moitié-moitié. Sur tout. Y compris ce que j'avais avant. Les filles, les machines… Tout.

— T'es devenu fou ?

— Non, prévoyant… Parce que si on continue cette guerre de cons, il n'y aura pas de vainqueur. Et je sais qu'à l'heure qu'il est, ce fumier de Che le sait aussi.

Il marqua un temps et ajouta :

— Il sait aussi que, un jour ou l'autre, ce sera lui ou moi. On va reporter la guerre à plus tard. Remise pour cause de sale temps. Aujourd'hui, on n'a plus les moyens de s'entre-tuer. C'est devenu un « luxe » inutile. On s'est testés. On a rendu coup pour coup. Y a pas de plus fort. Alors, on va signer l'armistice… Mais seulement si Laura s'en sort, sinon…

Il laissa la phrase en suspens. Elle était lourde de conséquences.

Par bonheur, il n'y eut pas de « sinon ». La balle était passée à deux millimètres de la carotide. Et les médecins firent des miracles. Un ange gardien, sans doute. Un de ceux qu'elle collectionnait, qui sait ? On ne doit jamais sous-estimer l'âme des choses.

La paix fut conclue en septembre 1976. Sans papiers ni embrassades. Une paix d'homme, sans même une poignée de main. Le Che, qui y avait gagné la moitié des bars, des filles et des machines de Fernand, et perdu seulement une petite partie de son marché de la drogue, ne considérait surtout pas ça comme une victoire. Plutôt un match nul… Avant prolongation.

De 1976 à 1979, ce fut un calme relatif. Sauf pour Zarkane. Pour lui, la tempête était en marche. Laura avait été très choquée par le guet-apens. Dès la sortie de l'hôpital, sa vie avait changé. Elle était sous tranquillisants en permanence. Elle ne souhaita plus travailler au Gadjo Magnifico. Elle voulait juste s'occuper de la villa et de ses splendides massifs de fleurs. Une vie bourgeoise, en somme. Avec des heures doubles. Ce que rajoute l'ennui au temps. Les thés bavards de quatre heures de l'après-midi. Les amies choisies, tout en confidences d'adultères ou de chirurgie plastique. Et une dévotion de geisha à son homme. Des serments d'amour. Des serrements de corps. Et puis, insidieusement, des serrements de dents. Pour les errements de l'autre.

Zarkane avait très mal vécu cette paix forcée. Il s'estimait responsable de la compromission de Fernand. L'attentat de la promenade des Anglais avait été le déclic. Et même s'il ne l'avouait pas, il savait bien que l'Anguille en crevait tous les jours d'avoir dû pactiser avec son ennemi intime. Tout ça parce qu'il avait réellement tremblé pour les deux seules personnes qu'il aimait vraiment.

Refaire la guerre ? Non. Changer de vie ? Non plus. Alors quoi pour effacer la torpeur d'un quotidien qu'il ne voulait pas fuir mais où il s'asphyxiait lentement de mal-être ?

Laura avait ses béquilles, elle : des Temestat de secours pour moral boiteux. Pour Zarkane, ce furent quelques petits verres au début. Et puis rapidement la glissade. L'alcool fort. L'alcool piège. Et la cocaïne aussi. Avec ses euphories provisoires, ses bien-être de façade, ses illusions. Il se mit à rentrer de plus en plus tard, et à s'endormir de plus en plus loin. Il aimait Laura toujours aussi fort, mais le lui disait de plus en plus mal. Comme il disait « bonjour » ou « au revoir ».

Depuis quelque temps, il y avait aussi Jenny, Françoise, et d'autres. Des bas-ventres d'occasion, réguliers, sans tendresse, ou si peu. Des déversoirs de sofa où il venait purger son blues, en fin de bouteille, vers quatre heures du matin. Des indignes qu'il chevauchait sans caresses et auxquelles la saillie suffisait. Et lui, étalon d'arrière-salle, caracolait dans des fantasias pitoyables, le cœur en berne.

Et puis, bien plus grave, profitant de l'inattention qu'entraîne l'ivresse quotidienne, quelques coactionnaires de la bande du Che avaient réussi à gagner son amitié. En le flattant, bien sûr. Le louant. Lui assurant qu'il était légendaire. Des mômes d'à peine vingt ans, téméraires, gais et admiratifs. Des voraces sans moralité. De la nouvelle race que redoutait tant Fernand, mais avec laquelle il avait fallu composer, alliance oblige. Une cour, en quelque sorte. Une haie d'honneur permanente, comme il en pousse aux artistes de music-hall.

Ils étaient redoutables, mais tellement sympathiques. C'était le revers de la défonce qui fait passer les faux amis pour des vrais et les vrais pour des imbéciles. Un soir, avec deux d'entre eux, Zarkane avait presque tué comme eux. Pas pour rien. Mais pour bien peu. Eux, ça pouvait être un regard de travers, ou pire, un physique qui ne leur revenait pas. Ce ne fut quand même pas ça. Juste quelques mots insultants. À peine. Des quolibets de base, des menaces de mort et un doigt d'honneur.

Fernand prit très mal la chose.

— Plus jamais ça, petit, plus jamais ça ! Et puis tant que j'y suis, j'ai un conseil en prime : rentre plus souvent. Tu laisses la grille ouverte chaque fois que tu sors. Je ne dis pas que Laura a envie de s'envoler. Au contraire. Mais même si la cage est en or, ça reste des barreaux. Ce qu'il y a de plus emmerdant dans la solitude, c'est d'attendre quelqu'un. Celles qui n'espèrent personne s'en contentent. Les autres s'en lassent toujours.

Zarkane comprit le soir même. Il rentra plus tôt, emmena Laura au restaurant à Saint-Tropez, lui fit l'amour deux fois et s'endormit contre elle. Deux jours plus tard, il rentra à huit heures du matin, après avoir fait l'amour à deux autres, et s'endormit, défoncé, sur le canapé du salon.

La dégringolade dura trois ans. De verre en verre. De ligne en ligne. Tracées en rond. Une sale spirale dégoulinante de sang et de vomissures. Zarkane n'était même plus Zarkane. Plus tout à fait un homme. Et Fernand lui pardonnait comme on pardonne à un fils. Coincé entre la réprimande et l'amour. Tapant du poing sur la table en retenant ses coups. Parce que les affaires marchaient mieux que jamais, et que Zarkane mentait à chaque fois.

— Je suis heureux comme ça. Pour le reste, ne t'inquiète pas, je maîtrise.

— Et Laura ?

— C'est le fait de ne pas pouvoir faire d'enfant et le temps qui passe qui la perturbent. Alors, elle s'aigrit, elle se recroqueville. Si je ne ris pas ailleurs, elle va m'entraîner dans sa dépression. Si je rentre dans son jeu, on va se noyer ensemble, et je ne serai plus bon à rien. J'ai essayé d'être plus présent. Mais elle en veut toujours plus. En fait, elle rêverait de ne m'avoir que pour elle. Tout le temps.

— Tu l'aimes encore ?

— Plus que jamais ! Mais je l'aime comme ça. Parce qu'elle sait m'attendre. Parce qu'elle sait me pardonner. Parce qu'elle sait bien que les autres ne comptent pas. Tiens, pendant une semaine, il y a un mois, je suis rentré plus tôt, j'ai passé du temps avec elle. Eh bien, elle a senti qu'il me manquait quelque chose, et c'est elle qui m'a dit : « Va voir tes amis ! »

Fernand n'était pas dupe. Il connaissait tellement bien la vie qu'il savait comment tout ça se terminerait. Zarkane perdrait Laura. C'était certain. Mais quand ?

Ce fut un 14 mai.

Il y a des dates comme ça. Des bouts de calendrier ordinaires qui vous tatouent la mémoire au fer rouge. La couleur du numéro des jours qu'on arrache en petites feuilles de papier blanc fin. Des jours par lesquels on passe toute sa vie sans les remarquer. Et qui, après, nous imposent des anniversaires de cauchemar. Ce sont des dates de deuil, d'accident, de rupture. Et, marquée de calendriers rouge et blanc et de pierres noires, notre mémoire quotidienne se lève de plus en plus du mauvais pied. Et c'est ainsi que l'on vieillit. De bougie éteinte en bougie éteinte. Et qu'on meurt. Essoufflés.

Laura était tombée enceinte. Enfin ! Le jour où elle en avait été certaine, elle avait explosé de bonheur. Elle avait gardé le test de grossesse positif comme une relique. Un trophée. Après avoir passé la journée à réfléchir à la manière la plus belle de l'annoncer à Zarkane, elle avait opté pour le secret provisoire. Égoïstement pour ne l'avoir qu'à elle, ce petit, un seul mois dans son existence. Après, ce serait le leur. Le sien et celui de Zarkane. Mais aussi le petit-fils de Fernand. L'héritier. La relève. La fierté. Il serait adulé. Déifié. Alors, un mois. Juste pour elle ! Elle avait tellement attendu. Tellement espéré. Tellement planté d'anges de plâtre ou de porcelaine aux quatre coins de sa vie.

Le 14 mai 1979, vers onze heures du soir, elle sortit de la villa, et, le cœur battant, se dirigea vers le Gadjo Magnifico. Elle n'y avait plus mis les pieds depuis longtemps. Elle voulait lui faire la surprise de le lui annoncer là-bas. Symboliquement passer sous les lettres rouges du néon. Pour offrir à Zarkane le petit-fils de Mamma Lisa.

Elle avait prévu d'entrer, de traverser la salle sans un mot, et d'aller directement dans le petit salon de leur première rencontre. Là, elle s'assiérait seule à la table. Il arriverait et dirait certainement :

— Qu'est-ce que tu fais là ?

Elle répondrait :

— J'attends quelqu'un.

Il demanderait :

— Qui ?

Elle dirait en souriant :

— Matteo… Ou Clélia. Garçon ou fille, on ne sait pas encore. Mais ce sera probablement un Sagittaire, comme toi.

Alors, il la serrerait de toutes ses forces. Il pleurerait sûrement. Il offrirait le champagne à tout le restaurant. Commanderait les guitares. Ils danseraient toute la nuit. Et une autre vie commencerait.

Elle traversa la salle comme elle l'avait prévu. Fière, droite, un petit sourire aux lèvres. Elle poussa la porte du petit salon et son cœur explosa. Il était là. Vautré. Entouré de deux amis hilares et de trois filles vulgaires, les habits en désordre. La pièce sentait l'alcool, la sueur et le mauvais parfum. Au moment où elle avait ouvert la porte, il relevait le nez de la table où traînaient encore des traces de poudre blanche. Son premier réflexe fut d'abord de faire demi-tour. Mais elle prit une grande respiration et avança d'un pas.

— Dis à tes copains et à tes putes de sortir d'ici ! ordonna-t-elle d'un ton sec.

— Pardon ? fit Zarkane.

— Je dis que tu es pitoyable ! À vomir ! Alors, je

répète, fais sortir tes petits cons et tes putes, j'ai une chose importante à te dire !

Zarkane se redressa tant bien que mal et articula avec peine.

— Mais comment tu me parles, toi ? C'est quoi ce cinéma ? Et d'abord, tu respectes mes amis.

Les amis en question commencèrent à se lever. Zarkane les arrêta, en souriant :

— Non, non, restez. Vous allez assister au spectacle. Madame veut dire des choses importantes... Qu'elle les dise !

Une des filles se leva et lança :

— Nous, on y va.

Et ils sortirent tous.

Zarkane se redressa en titubant. Son regard était terrible. Il fit le tour de la table et vint se planter à dix centimètres d'elle. Il dit, d'une voix redevenue soudain sûre :

— Tu me fous la honte devant mes amis. Tu traites mes copines de putes. Tu te crois où là ? Tu te prends pour qui ?

— Pour ta femme.

— Et alors, ça te donne tous les droits ? Celui de me pourrir la tête, de me faire passer pour un con devant...

Elle le coupa d'une voix lasse.

— Je suis enceinte, Zarkane.

Il s'arrêta net, bouche bée. Elle le fixa longuement, et reprit :

— Je suis enceinte depuis plus d'un mois. Un mois pendant lequel j'ai cherché la plus belle manière de te l'annoncer. Et voilà. Ce moment que j'imaginais le plus beau de notre vie est devenu le plus moche. Le plus triste… Alors tu sais quoi ? Je vais m'en aller. Je vais retourner en Italie, et je te jure bien que même avec tes amis, tu ne pourras jamais me retrouver. Ce petit, je vais l'élever, moi. Toute seule. Tu sais, il y a des bâtards qui deviennent aussi des gens bien. Je t'aime Zarkane, comme je n'aimerai sûrement plus jamais. Mais je crois bien que les coups de Marcello me faisaient moins mal que ce que tu me fais subir depuis des mois.

Zarkane explosa. La dope et l'alcool lui éclatèrent le cerveau. Il hocha la tête, la fixa avec un regard de fou et s'avança vers elle, menaçant.

— Tu veux partir ? Tu veux me voler mon gosse… c'est ça ? Là, tu rêves… Tu dis que tu préférais les coups ?… Alors, tu vas être contente !

Et il se déchaîna. À coups de poing d'homme. Il la jeta au sol et la frappa au ventre. Elle se protégea comme elle pouvait. Elle encaissa toute cette violence sans un cri.

Et puis, à bout de souffle, il s'arrêta. Laura gisait, toute recroquevillée. De grosses gouttes de sang maculaient la moquette claire. Il prit sa veste et sortit sans un mot. Il traversa la salle au pas de course.

Avant de se diriger vers sa voiture, il ordonna au portier :

— Appelle un toubib pour ma femme ! Elle est tombée, elle s'est cognée !

Il roula toute la nuit. Sans but. La musique à fond. Il avait mal partout. Au corps et à l'âme. Il lui semblait que tout son être était disloqué. Éparpillé par l'ivresse et la culpabilité. Sans réussir à tout analyser, il sentait bien qu'il avait fait une énorme bêtise. Il avait beau se répéter que ce n'était pas si grave, sa conscience reprenait peu à peu le dessus, et, comme seule réponse, il faisait des actes irréfléchis. Il hurlait plus fort que la radio, se cognait la tête sur le volant. Parfois, dans les lignes droites, il roulait une dizaine de secondes les yeux fermés. Comme pour défier la mort. Même pas suicidaire. Juste perdu. Désespéré. Et puis, au fur et à mesure que la griserie s'éteignit, il baissa le son de la musique qui l'accompagnait dans son errance. Aux premières lueurs de l'aube, il coupa l'autoradio et s'arrêta, face à la mer. Pour attendre le soleil. Pour attendre Mamma Lisa. Son seul recours. Une évidence : la mère, le refuge de tous les géants quand le chagrin les tasse.

Le ciel dégagé se couvrit soudain de gros nuages, venus d'on ne sait où. Comme s'ils voulaient l'empêcher de contempler le premier rayon. Comme si Mamma Lisa ne voulait plus le voir. Comme si elle avait honte. Son esprit embué prit ce hasard climatique comme une réprimande supplémentaire. Il analysa immédiatement le message du ciel comme une injonction à la rejoindre où elle était. Il démarra et prit la direction du Revest.

Le jour était éclatant quand il s'avança vers la tombe. Une vieille dame en noir, penchée sur la pierre, y déposait des fleurs.

— Vous êtes de sa famille ? s'enquit-elle.

— Son fils, répondit Zarkane.

— Mon dieu, dit-elle en souriant, que le temps passe vite. J'étais à l'église le jour de l'enterrement. J'étais encore presque jeune. Ça fait quinze ans que je fleuris sa tombe. J'aurais bien cru que les gitans se vengeraient de vous. Alors j'ai apporté des fleurs, chaque jour, à tout hasard.

Zarkane la regarda avec une tendresse infinie. Ainsi, chaque jour de sa vie, elle avait fleuri la tombe de quelqu'un qu'elle ne connaissait pas. Comme ça, gratuitement. Pour le geste. Pour l'amour. Et, d'un coup, ce fut un éblouissement. Comme, lorsqu'en ouvrant les rideaux, on inonde la chambre de soleil clair. Une paix soudaine. Un éveil brutal et doux à la fois. Bien plus qu'un déclic. La sensation de jaillir de l'enfer pour s'envoler en plein ciel.

Zarkane s'assit sur la pierre et resta ainsi deux longues heures. Il repassa le film noir des dernières années. Le bilan. L'audit. Pertes et profits. À vingt-sept ans, il avait déjà une mémoire de centenaire. Encombrée de cadavres, de remords, de culpabilités, de luxes, de luxures, de voyages artificiels, de faux-semblants, de plaisirs de dupe. Laura avait raison. Il était à vomir. Et pas seulement les derniers mois. Toute sa vie depuis qu'il avait quitté les Fauvettes. Une phrase lui revint soudain. Comme si sa mémoire avait décidé, à ce moment précis, de l'aider à se réveiller. La dernière phrase que Mamma Lisa avait prononcée avant de lui dire : « Je t'aime… Tu seras Gadjo magnifico. » Il avait tant été marqué par ses aveux qu'il avait totalement occulté ces mots que ses onze ans n'avaient pas bien saisis. Là, ils revenaient. Clairs, limpides : « Le bonheur, c'est pas comme on montre, c'est comme on est. »

Il remonta lentement l'allée du petit cimetière. Un piaillement lui fit lever la tête. Posé sur une branche brisée, le pinson était déplumé. Malingre. Il chantait quand même. Gai comme lui.

Il rejoignit la villa vers midi. Il resta encore quelques instants dans la voiture garée pour répéter une à une les phrases qu'il allait prononcer. Avec des mots d'excuses, des promesses sincères de rédemption. Puis il sortit calmement, grimpa les marches du perron à pas lents, le cœur battant.

Le morceau de papier était épinglé sur la porte d'entrée :

« J'ai perdu l'enfant cette nuit. Adieu. Je t'aime. »

L'ange et le fantôme

La cellule. 19 février 1999.

Luigi a sûrement un diable gardien. Dans son cas, comment parler d'ange ? Toujours est-il qu'il s'en est sorti. Zarkane est coincé, comme toujours, par ses contradictions : l'envie qu'il meure et le soulagement de le savoir en vie pour assouvir sa vengeance. La suite lui appartient, donc. Les quelques paliers qui restent reprennent tout leur sens.

Cet après-midi-là, allongé sur le lit, il recommence pour la énième fois dans sa tête son parcours de vie. En partant du camp de gitans, comme toujours, et après, sans chronologie. Sa mémoire rajoute des détails à chaque fois : une voiture avion de plus, une vieille traction, échouée au pied des caravanes. Le paon dans le jardin des Fauvettes. Les yeux au bord des larmes de Fernand quand il évoquait le général de Gaulle. Les coups de la troisième garde à vue, pour le meurtre d'un cafetier en 1977. Il était sorti libre, comme chaque fois. Tout ça en vrac.

Pour ne pas devenir fou.

Même s'il est convaincu que ça n'arrivera plus. Mais à tout hasard, il continue à voyager dans son passé. En détaillant certaines périodes. En survolant les autres. De flash-back en arrêts sur image. À son gré. Selon ses besoins du moment. Et inlassablement, à la moindre inspiration, il reprend ses pinceaux. Aujourd'hui, sa nostalgie est bleu-gris. Alors, il va peindre un bateau qui coule. À peine commence-t-il que le gardien entre. Il n'a pas besoin de parler. Zarkane comprend à son regard. Il pose lentement son pinceau et le suit.

Laura est revenue. Une semaine après. Il est fou de joie. Il l'a espérée si fort. Elle est toujours assise sur la petite chaise derrière la table. Comme un rituel, il vient s'installer face à elle et ils restent ainsi, les yeux dans les yeux, de longues minutes, sans parler. Cette fois, c'est lui qui commence :

— Je vais tout te raconter. Tout. Pourquoi je suis là. Et ce que je vais faire après.

Elle ouvre la bouche pour parler, et là, c'est lui qui y pose un doigt pour lui imposer le silence.

Et il raconte tout. Avec les détails les plus horribles. Le meurtre. Le tribunal. Le verdict. La prison. La plongée en apnée. Et son projet d'après.

Laura a tout écouté sans broncher. Sans le moindre signe d'émotion. Elle murmure :

— Je viendrai te voir tous les jours si tu le veux bien.

— Une fois par semaine, pour l'instant je préfère,

dit Zarkane. Pour mes paliers. Il ne faut pas que je sois dehors avant d'y être. Tu me comprends ?

— Oui.

Puis elle se lève et va le prendre dans ses bras. Encore une longue étreinte où ils se disent à l'oreille les mots qu'on ne dit pas fort. Puis elle se recule et va prendre son sac à main pendu au dossier de la chaise. Elle fouille dedans, et en sort une photo qu'elle pose en tremblant sur la table. Zarkane s'approche. C'est un jeune homme de vingt ans photographié en pied. Beau. Les cheveux longs, très blonds. Il est appuyé contre un parapet, sur fond de mer bleue.

— C'est Fernand qui t'avait donné ça ? demande-t-il en souriant. Je ne me souviens pas d'où elle a été prise, mais je suis content que tu l'aies gardée. J'avais de l'allure quand même !

Avant de refermer la porte derrière elle, Laura se retourne et dit :

— Je t'ai menti sur le dernier mot que je t'ai laissé en partant. Il aura vingt ans en novembre. Il fait des études d'architecte en Italie. Il s'appelle Matteo.

Zarkane est sonné. Il se laisse tomber lourdement sur la chaise. Les battements de son cœur se sont emballés et il respire de plus en plus court. Il prend la photo avec une infime précaution, comme pour ne pas la casser. Matteo. Son fils. Grand, beau. Un ange.

Celui du puits, bien sûr.

Été 1979. Au moment où il passa le portail, Margaret Thatcher commentait sa récente élection et Björn Borg triomphait à Roland-Garros. Zarkane coupa la radio et avança dans la grande allée. Il n'était pas revenu aux Fauvettes depuis décembre 1978. Clovis se précipita à sa rencontre, et finit d'accompagner la voiture dans la grande allée jusqu'au perron. En gambadant. Comme un chien de garde joyeux. Quand Zarkane descendit, il le serra longuement dans ses bras.

— Viens m'aider, lança-t-il, en se dirigeant vers le coffre.

Ils sortirent de la voiture quelques habits, trois cartons lourds, et un ange de porcelaine.

— Tu restes déjeuner ? demanda Clovis.

— Je reste, répondit Zarkane.

Il fit quelques pas et ajouta :

— Définitivement.

Clovis s'arrêta, et dut poser le carton qu'il portait tant il était abasourdi par la nouvelle.

Les Fauvettes avaient changé. Grâce à l'argent qu'envoyait régulièrement Zarkane, il y avait maintenant un jardin magnifique. Les broussailles avaient fait place à un gazon impeccable sur lequel tournoyait un arrosage ininterrompu. À l'arrière de la grande maison, s'étendait une grande piscine bordée d'oliviers. Clovis avait aussi fait construire, à une cinquantaine de mètres en contrebas, un petit bâtiment de pierre supplémentaire qui lui servait de remise pour tout son matériel de jardinage. La grande demeure, elle, n'avait pas bougé. Aucun aménagement nouveau, si ce n'est un peu d'entretien pour la conserver en bon état. Le souhait de Zarkane. Pour ne pas perdre le souvenir. Conserver les odeurs. Ainsi, en entrant dans la vieille bâtisse, on changeait presque de siècle.

Pendant toutes ces années, Clovis n'avait pratiquement jamais quitté le domaine. Quelques « camarades » venaient de temps en temps lui tenir compagnie. Il n'était allé au Gadjo Magnifico que trois fois. Pour l'inauguration et deux anniversaires. Zarkane lui avait rendu visite régulièrement, sauf les tout derniers temps. Pour prendre des nouvelles et déjeuner en parlant de Papa Charly. Et pourquoi sortir ? On était si bien aux Fauvettes. Ça sentait la lavande et l'enfance. Le paradis.

Après avoir rangé ses affaires dans la chambre « des invités de loin », Zarkane descendit dans le jardin. En quittant sa villa, il n'avait emporté que le strict minimum. Et un ange. Le plus beau. Celui que Laura avait mis face au lit sur un guéridon. Il remonta la grande allée et posa délicatement le petit bonhomme bouclé en porcelaine sur le puits factice à droite de l'entrée. Puis il rejoignit Clovis dans la cuisine.

— Tu prépareras à manger pour trois ce soir, dit Zarkane.

— Chouette ! Ça va me faire plaisir de voir Laura, se réjouit Clovis.

— C'est pas Laura, laissa tomber froidement Zarkane.

Ce n'était pas la peine d'en dire plus. Au ton de son frère, Clovis avait compris. Et il garda pour lui les questions qu'il s'apprêtait à poser pour comprendre ce retour au bercail.

Zarkane passa le reste de la journée enfermé dans sa chambre. À écouter. Sentir. Ressentir. Les oiseaux d'ici ne piaillaient pas comme à la villa de Toulon. Plus gais. Plus libres. Les parfums aigre-doux des vieux bois étaient sonores. Alchimie des sens. Il entendait le vieux phonographe de Papa Charly déverser du Rina Ketty. *J'attendrai toujours ton retour*. Comme si c'était la maison tout entière qui le lui chantait. Il percevait le craquement des pas d'Emma dans l'escalier. Et ce bruit le renvoyait à un autre parfum. Celui du chocolat chaud du matin. Et boomerang encore, le bruit du froissement du pain frais.

Le paradis.

Même si l'enfer était toujours là, en arrière-plan. Les cris. Les détonations. L'odeur de la mort. Les parfums des filles faciles. Plus elles étaient légères, plus ils étaient lourds. Mais aussi la senteur perdue de la peau de Laura. Tout ça en vagues régulières qu'il tentait de chasser en se retournant dans le lit.

Et puis, le besoin d'alcool et de drogue se faisait de plus en plus insidieux au fil des minutes. Elles n'étaient encore que ça. Il savait que dans peu de temps, elles deviendraient des heures. Qu'il faudrait serrer les dents. Les poings. Mordre les draps. Frapper les murs. Mais il était prêt.

La première chose qu'il avait faite en entrant dans la pièce avait été de fouiller les tiroirs de la vieille commode. En espérant que ce qu'il cherchait était toujours rangé là, après tant de temps. Il avait trouvé la feuille, jaunie, pliée en quatre, dans un vieux cahier. Elle était maintenant épinglée au mur face au grand lit : « COUPABL ». Écrit à la plume d'oie.

Retrouver Kéma ? Sûrement pas. C'était trop tard. Mais expier. Nettoyer tout ce mal fait. L'arcane du Pendu, une fois de plus ! Il n'avait pas simplement honte. C'était bien plus fort qu'un simple dégoût. C'était une montagne immense de remords, de culpabilité qu'un réveil soudain avait fait pousser devant lui. Il savait, bien sûr, que le sevrage serait très long. Mais il avait une volonté de fer et, pour une fois, le véritable courage. Le seul. Celui qu'il faut quand on doit combattre son pire ennemi : soi-même.

Fernand arriva aux Fauvettes à vingt et une heures. Ils passèrent tout de suite à table sur la terrasse. Sans parler d'autre chose que du décor. Des commentaires admiratifs sur la beauté du jardin, la lumière superbe de la fin du jour qui découpait les cyprès. Fernand détestait parler pendant un repas. C'est pour cette raison que chaque fois, à peine assis, il se précipitait sur la nourriture. Il mangeait toujours très vite et ne prenait jamais de dessert. Ce n'est qu'en attendant les cafés qu'il se détendait enfin et commençait à évoquer les choses sérieuses. Il en buvait toujours trois ou quatre en grillant ses cigarettes dorées.

— Tu as bien fait, petit, de venir quelque temps ici, attaqua-t-il en allumant la première.

Clovis comprit qu'il était temps de s'éclipser. Il s'éloigna.

— Je voulais te dire…

Fernand interrompit Zarkane :

— Non ! D'abord, c'est moi qui dis ! Après tu parles !

Le ton avait été autoritaire. Brutal. Comme à leur première rencontre. Il y eut un silence pendant lequel ils se défièrent des yeux.

Et Zarkane baissa les siens.

— Tu m'as déçu, Zarkane, reprit Fernand, grave. Bien plus, tu m'as blessé. La Louve, Dieu ait son âme, aurait pu me dire n'importe quoi, jamais je n'aurais levé la main sur elle. Je l'aurais chassée peut-être, mais jamais frappée. Laura, avant de partir, m'a téléphoné pour tout me raconter. Et me dire adieu, aussi. Alors, d'abord, je voudrais faire ça…

Il posa sa cigarette, se leva, fit le tour de la table sans se presser, et lui expédia deux gifles monumentales. Zarkane les reçut sans broncher et baissa la tête. Fernand revint à sa place et reprit calmement sa cigarette.

— Maintenant, on va parler du reste… J'avais confiance en toi, petit, quand tu me disais que tu maîtrisais. Je savais pour l'alcool, mais je ne me doutais pas pour la dope. Je dois vieillir.

Il eut un geste de colère inattendu. Il balaya la table d'un brusque revers de main qui envoya valser les couverts. Et il ponctua son accès de rage d'un méprisant : « Pauvre con ! » C'était pour Zarkane. Peut-être aussi pour lui-même. Et il continua en hurlant presque :

— On en vend, on n'en prend pas ! Combien de fois je te l'ai dit ? Combien de fois ?

Il se leva, fit quelques pas puis revint s'asseoir. Plus calme. Il reprit :

— Je pense que tu dois te soigner. C'est pour ça que j'approuve ta mise au vert ici. Elle me rassure. Tu as compris, c'est déjà ça. Pendant que tu seras là, c'est le Catalan qui s'occupera du restaurant et du reste. Si tu veux un médecin pour t'aider, je te trouverai le meilleur. Pendant deux mois, je ne veux pas te voir en ville. Après, si tu redeviens normal, on avisera.

Zarkane avait tout encaissé sans sourciller. Il leva enfin les yeux et dit :

— J'arrête.

— J'espère bien, petit, j'espère bien, fit Fernand.

— Tu n'as pas compris, j'arrête tout. Pour toujours. Je change ma vie. J'en peux plus. De ce sang. De ce fric. De tous ces mensonges. Aux autres, à nous-mêmes. « On vend, on n'en prend pas ! » La belle saloperie !

Fernand était impassible. Zarkane continua :

— Avant, on flinguait des cafards, des cloportes, maintenant on crève des gosses. J'ai tout tourné et retourné dans ma tête. J'en peux plus, papa. Et même si on revenait au « traditionnel », je pourrais pas. J'étouffe. J'ai tué des mecs. Par bonheur, j'ai échappé à la taule. Ça a été ma seule chance. Mais j'ai massacré celle que j'aimais. J'ai tué mon petit. Je suis en train de devenir une loque. Et pire que ça. Je suis sûr que Mamma Lisa a honte de moi. J'ai réalisé que je valais encore moins que ces ordures qui l'avaient démontée à coups de ceinturon. Ils avaient l'excuse de l'honneur, eux. J'ai même pas ça… Alors voilà, d'abord je me soigne et après je reste là. Pour le médecin, j'ai ce qu'il faut. Et je ne veux plus voir personne. Jamais.

Il prit un temps, et dit en baissant à nouveau les yeux.

— Même pas toi.

Fernand, sous le choc, frotta lentement ses mains et à son tour baissa les yeux.

— C'est mieux pour moi, continua Zarkane. Je vais me remettre à la peinture. Et puis, un jour peut-être, quand je serai bien sûr d'être guéri, je t'inviterai à dîner ici, en famille. Ne crois pas que j'ai honte de toi. Pour moi, tu restes mon père, le seul. Je n'en veux qu'à moi. Si tu avais été plombier ou instituteur, je t'aurais aimé pareil. Si je suis ton fils autant que tu le prétends, et même si mon absence te fait souffrir, ce soir tu devrais être fier et…

Il arrêta sa phrase là. Il allait dire « heureux », mais c'était en trop. Fernand avait le visage grave. Triste. Et puis, comme il en avait l'étonnante capacité, il s'illumina d'un coup d'un sourire, et lâcha :

— J'ai perdu un fils de maladie, je perds l'autre de bonne santé. Dans le fond, je préfère ça, même si le résultat est le même pour moi.

Il se leva. Lourd. Fatigué. Un peu plus vieux. Il enfila sa veste et refit le tour de la table. Zarkane se dressa à son tour. Ils se regardèrent longuement au fond des yeux et, brusquement, Fernand lui envoya encore une gifle. Sèche. Puis il dit :

— Si ça peut t'aider !

Et aussitôt, il le serra contre lui et l'embrassa sur le front en murmurant, des sanglots dans la voix :

— Ça, c'est pour m'aider moi.

Zarkane le regarda s'éloigner comme s'il le voyait pour la dernière fois.

Ce serait la dernière fois.

Pendant les premières semaines, Zarkane souffrit à hurler. Il hurlait, d'ailleurs. La nuit, surtout. Des cris effrayants. Clovis le retrouvait parfois au petit matin recroquevillé dans un coin de la maison, les yeux cernés d'épuisement. Le sevrage fut terrible. Il fallait s'accoutumer au manque d'alcool, de drogue et surtout de Laura. Un cauchemar de chaque seconde. Mais, de la même manière que lorsqu'il s'était tranché un doigt à la mort de Mamma Lisa, Zarkane acceptait la douleur sans faillir.

De temps en temps, il allait voir son médecin : Papa Charly. Le progrès avait apporté au salon un visiteur permanent : la télévision. Clovis avait pris l'habitude de la laisser allumée jour et nuit. L'aubaine des solitaires contradictoires qui ne veulent plus l'être mais souhaitent le rester. C'était juste une fenêtre de plus.

Une bavarde dont on pouvait faire taire la voix d'une pression sur un bouton. Sur elle, trônait la photo du docteur Grignan. Souvent, Zarkane s'installait dans le vieux fauteuil, éteignait l'écran, et passait une heure ou deux à regarder le portrait de Papa Charly. Même sur la photo, son sourire était compassé. Cela faisait partie de la thérapie. L'exemplarité en perfusion visuelle.

Et Zarkane allait de pire en mieux. Et de mieux en pire. Les vagues. Ses crêtes et ses abîmes. Et naturellement, avec le temps, les crêtes étaient moins hautes et les abîmes moins profonds.

La mer.

C'est ce qu'il peignit en premier. En écoutant Debussy.

Un matin de septembre, il demanda à Clovis d'aller acheter des pinceaux, des chevalets, des toiles.

— Des tubes de peinture aussi ? avait demandé Clovis.

— Pas pour l'instant, avait répondu Zarkane.

Il avait choisi de jeter sur la toile les couleurs de la terre. Des blancs de la poudre de pierre. Du noir de branches d'arbre brûlées. Et puis la fantasia multicolore des fleurs de toutes sortes qu'il ferait infuser puis réduire. Il avait décidé aussi de laisser guider sa main par les vagues de la musique. De projeter sur la toile tout ce que lui souffleraient cette marée de notes et le ressac de son tempo.

Quand il eut terminé son premier tableau, il contempla cette mer de lavande et de craie, et fut immédiatement pris d'une irrésistible envie de destruction. Pas qu'il trouvait ça raté. Non. Une pulsion euphorique. Le besoin incontrôlable et inexplicable de ne laisser à sa création que la force de l'instant. Créer pour créer. Et refuser les éternités qui clouent les émotions dans des cadres. Il brûla donc sa première œuvre et en éprouva une intense jouissance. Une sensation de puissance. Il lui sembla même que ce geste avait accéléré sa thérapie. C'était logique. Il redevenait le maître. Avec droit de vie et de mort sur ce qu'il y avait de plus beau en lui.

Il chercha quand même, dans la vieille bibliothèque intacte de Papa Charly, si un livre pouvait lui apporter l'explication à cette mutilation de son art. Il crut la trouver dans un ouvrage du XIXe siècle traitant de tout autre chose que de peinture. Un traité sur la paternité. Il y découvrit qu'il n'était pas rare que tel enfant né de père inconnu donne à son existence un sens aigu de l'éphémère. Une reproduction inconsciente de l'instant d'accouplement qui l'avait créé. Une projection séminale sans suite, résumant l'œuvre de vie à sa seule facture. Ainsi, le marin du *Riourki* était peut-être indirectement responsable de cette déviance artistique si particulière.

Zarkane en arriva à la conclusion qu'on ne naissait pas d'un père, mais de plusieurs : celui qui nous fait, celui qui nous abandonne, ou pas, celui qui nous aime, ou pas. Et tous les autres, de substitution, que la vie nous apporte en guise d'attelle. Pour certains, ce sont parfois des mères. Pour d'autres, des frères. Pour d'autres, encore, des dieux.

Une chose était sûre. Les questions qu'il se posait, à

défaut d'y trouver les réponses, portaient en elles une positivité concrète : son cerveau se réactivait.

Et si cette fameuse « intelligence », qu'à vingt ans il prétendait inadaptée au bonheur, était en fait sa meilleure alliée ? Parce que, somme toute, tout ce que son instinct irréfléchi et sa course au plaisir avaient produit s'était délité en souffrances. Il le payait trop cher aujourd'hui pour ne pas en prendre conscience. Cette intelligence-là, il la sentait en lui. Mais tellement étouffée par des années de superflu. Il décida donc de l'aiguiser. De livre en livre. De réflexion en réflexion. En chassant chaque fois qu'il se présentait le réflexe primaire.

L'intelligence comme loisir premier. Beau projet de vie ! Il avait définitivement donné raison à Fernand. « L'intelligence, c'est l'assurance vieillesse ! » Mais pas dans le sens où il l'entendait. Pour lui, c'était vieillir plus longtemps. Pour Zarkane, c'était vieillir mieux.

L'avènement de 1980 sonna comme une délivrance.

Il y a des années qu'on laisse derrière soi avec soulagement. Des millésimes de très mauvaise qualité. 1979 avait été infect. Un cru abominable. L'année nouvelle s'annonçait plus fruitée. Pas exceptionnelle, mais sûrement plus agréable à déguster. Une année de transition. Elle fut bien plus que ça.

Un après-midi de janvier, Zarkane remarqua près du portail la silhouette d'une femme qui s'avançait vers la maison. Brusquement, elle fit demi-tour et disparut. Le lendemain, la même silhouette refit le même manège. À la même heure. Le jour d'après, il se cacha derrière le puits à l'ange et attendit. Il la vit s'avancer. Il ne lui laissa pas le temps de faire demi-tour. Il l'avait reconnue. Il bondit et l'interpella :

— Vous n'avez rien à faire ici, Orane !

Elle sursauta, eut un instant de stupeur en reconnaissant à son tour Zarkane et demanda :

— Et vous, qu'est-ce que vous faites là ?

— Moi, j'y habite. Vous, plus. Et depuis trop longtemps. Alors partez d'ici, c'est mieux pour tout le monde.

Elle sembla désemparée, fit quelques pas et s'évanouit. Zarkane la ramassa et l'installa sur le petit banc de pierre qui faisait face au puits. Sous le regard de l'ange, il tentait de ranimer le fantôme. Une belle allégorie à peindre, pensa-t-il. Couleur chrysanthème, alors !

Clovis accourait déjà du fond du jardin, un râteau à la main.

— Qu'est-ce qui se passe ? C'est qui ? demanda-t-il tout essoufflé.

— Une dame qui s'est trompée de maison. Ça doit être un malaise de fatigue. Va me chercher un peu d'eau et un sucre.

Orane revenait doucement à elle. Zarkane la contemplait, perplexe et fier. Mon Dieu, qu'elle était agréable, cette sensation ! Pendant des années, il s'était juré, s'il la croisait un jour, de l'égorger comme une chienne. Sûr que dans la même situation, il y a un an, il l'aurait fait. Là, aucune bouffée ne venait le submerger. C'est à cet instant précis qu'il sut qu'il commençait vraiment à guérir.

— Vous avez acheté la maison ? questionna-t-elle d'une petite voix, à peine revenue à elle.

— Non, j'y ai grandi, répondit-il en souriant. Quand j'y suis arrivé, vous en étiez partie dix ans plus tôt.

Il s'interrompit et tourna la tête vers la maison dont Clovis sortait en courant.

— Je crois savoir pourquoi vous êtes là. Ou plutôt pour qui. C'est lui qui arrive. Je vous en prie. Regardez-le, mais ne lui parlez pas. S'il vous plaît.

Clovis avait apporté une bassine d'eau et la boîte à sucre. C'était trop, mais c'était sa nature. L'atavisme d'Emma, sans doute.

— Ça ira, madame ? questionna-t-il.

Elle se contenta de hocher la tête sans le quitter des yeux.

— Allez, vas-y, je m'en occupe ! ordonna Zarkane.

Il partit sans se retourner.

Ils parlèrent pendant près d'une heure sur le petit banc. Elle lui expliqua qu'elle était condamnée. Un cancer. C'était sûrement la cause de son malaise. Elle lui avoua que ce n'était plus qu'une question de semaines. Alors, elle avait ouvert son cimetière à remords. Et, bien entendu, elle avait eu un retour de flamme maternelle. Zarkane, en d'autres temps, l'aurait injuriée. Lui aurait fait remarquer que la « régularisation » était trop tardive. Que c'était encore plus immonde, par crainte d'un purgatoire qu'elle ne méritait même pas, de venir bouleverser l'existence de quelqu'un qui vivait parfaitement sans elle.

Et puis, il l'aurait insultée en termes bien plus crus, l'aurait battue et sans doute égorgée, comme il se l'était toujours promis.

Là, il lui avait simplement pris la main, et l'avait remerciée d'abord de n'avoir rien dit à Clovis. Il lui avait expliqué qu'il la croyait morte, et que dans l'intérêt des deux il fallait qu'elle le reste. Il lui mentit que Papa Charly avait très bien vécu la séparation. En fait, il avait tenté de désamorcer tous ses remords. Pour qu'elle ne parte, si possible, qu'avec les souffrances de sa maladie qui devaient être terribles. Il avait été attentif. Persuasif. L'assurant que Clovis était parfaitement heureux, et que l'amour devait l'emporter. Il comprenait qu'elle soit partie par amour de son chirurgien. Elle devait rester dans l'ombre pour l'amour de Clovis. Il avait eu des mots de prêtre. Il termina en parodiant Pagnol. Au point où il en était !

— L'honneur, c'est pas comme les allumettes. Ça peut servir deux fois. Une fois pour le perdre, une fois pour le retrouver !

Après avoir promis qu'elle ne reviendrait pas, elle reboutonna son manteau bleu, jeta un dernier regard triste vers la maison et dit à Zarkane avant de s'éloigner :

— On m'avait dit que vous étiez un sale voyou. C'est pas vrai. Merci… C'est comment votre nom déjà ?

Il faillit dire « Kéma ». Il répondit « Zarkane ». Et il regarda l'ange.

Miroir ? Pas vraiment.

Le chemin de la rédemption était encore long.

Le coquillage Chanel

La cellule. 1er janvier 2000.

Rien. Aucun signe palpable du nouveau siècle. De toute façon, Zarkane s'en fiche. Le gardien lui a dit hier qu'on allait changer de millénaire. Il a répondu, agressif :

— Et alors ?

Zarkane ne se sent pas bien du tout. Cette nuit, il s'est vu entrer dans la cellule. Il s'est parlé. Ce n'était pas un rêve. Ça a duré quelques secondes, et l'hallucination a disparu. Ce qu'il redoutait tant est peut-être en train d'arriver.

« Je deviens fou. »

Il concentre toutes les puissances en lui pour tenter de résister. D'analyser.

« Les paliers. C'est ça. Les paliers. »

Il est allé trop vite. Laura. Matteo. En un an, tout s'est bousculé. Et la surface trop proche. Comme ces vacanciers qui, après des centaines de kilomètres en voiture, ont un accident à quelques minutes de l'arrivée. Il s'est laissé griser. Trop sûr de lui. Trop convaincu qu'il était trop tard pour devenir fou. Trop persuadé qu'il ne pouvait plus perdre le contrôle.

« Il ne fallait surtout pas ouvrir une porte sur l'extérieur. Ne pas accepter de parler à un souvenir. »

Parce que, à chaque fois qu'il quittait Laura, c'était un déchirement de revenir dans la cellule. Et qu'à cause de ça, aujourd'hui, il n'est plus fixé sur l'objectif de départ. Qu'il en arrive à douter de sa vengeance. Alors, ce qui était clair se brouille. Et son cerveau le lâche. Il est en train de basculer… Si près du but.

Il est quatorze heures et Laura est arrivée. Comme chaque semaine.

— Va lui dire que je ne veux plus la voir pour l'instant.

— Elle n'est pas seule, insiste le gardien.

Et après avoir pris un temps, il ajoute :

— C'est fou ce qu'il te ressemble.

Zarkane se laisse tomber sur le lit. Le choc est terrible. Matteo est là. Au plus mauvais moment. Alors, l'envie, bien sûr. Le besoin irrésistible de courir au parloir. De tout dire. D'homme à homme. De le respirer. De le serrer contre lui. Matteo est là… Encore un palier trop rapide… Matteo est là… Sa poitrine le brûle… Matteo est là… Elle lui avait dit qu'il la rejoindrait peut-être pour passer le nouvel an. Matteo est là… L'impossible choix. L'implacable pari. Affronter une émotion extrême de plus au risque d'accentuer le vacillement de sa raison. Ou renoncer à la rencontre. La remettre à plus tard, comme un vulgaire rendez-vous. Matteo est là.

« Oui, Zarkane, va le voir ! Et tant pis pour la démence. C'est ton fils. Ton éternité. »

« Non, Zarkane, n'y va pas ! Pas après tout ce temps. Pas après toutes ces souffrances. Plus que trois ans, Zarkane. Trois ans. Ne prends pas ce risque. Et puis, tu ne le perds pas. Tu le connaîtras plus tard, c'est tout. »

Ne pas devenir fou.

Matteo est là.

« Se concentrer sur l'essentiel. La cellule. Juste la cellule. Laura n'est jamais venue. Matteo n'existe pas. La cellule, Zarkane, la cellule. Rajouter comme au début un geste anodin par jour. Et tenir. Lutter. Maîtriser. »

Ne pas devenir fou.

Il s'allonge sur le lit et fixe le plafond. La fresque le regarde. Il inspire profondément et dit d'une voix posée :

— Je ne veux plus voir personne avant ma sortie.

Le gardien referme la porte sans un mot.

Matteo sera certainement très déçu. Profondément blessé. Zarkane serre les poings. La brûlure est terrible. Dans le même temps, il sent son cerveau s'aiguiser, s'éclaircir.

« C'est bien ça. La raison au prix de la douleur. L'isolement simple est la clé de tout. Ce fut une erreur de recevoir Laura. Un leurre. Un piège. Elle est la vie, et je suis au tombeau. Il ne fallait pas mélanger les deux. Le bien-être était illusoire. Trop facile. Normal que la raison ait flanché. Reste le maître, Zarkane. Reste le maître. Rien ne doit exister au-dehors. Plus que trois ans. Trois ans, si tout va bien. »

Un piaillement au-dessus de lui. Zarkane tourne les yeux vers la fenêtre. Le petit piaf est posé sur le bord. Une hallucination ? Un messager du ciel ? Même pas. Un oiseau transi, seulement. Il se lève lentement. S'approche. Le petit moineau secoue la tête par saccades. Comme s'il détaillait chaque recoin de la cellule. Zarkane tend sa main avec précaution. Son doigt n'est plus qu'à un centimètre du petit bec.

Et puis, un bruit d'aile. L'oiseau s'est envolé. Il était tout près. Gazouillant. Gai. Et puis, hop !

Le bonheur ?

Automne 1980. La femme au manteau bleu était près du puits. Zarkane la voyait de dos. Ça ne pouvait quand même pas être Orane. En janvier, elle avait dit n'en avoir que pour quelques semaines. Et on était en octobre. À moins qu'elle ait menti. Ou bien il y avait eu une rémission miraculeuse. Ça arrivait. Il était bien guéri, lui ! Ou presque. Plus il avançait vers elle, plus il se disait que le manteau bleu n'était qu'une coïncidence. La silhouette était différente. Plus élancée. Plus jeune.

Arrivé à quelques mètres d'elle, il lança :

— Vous cherchez quelque chose, madame ?

Elle se retourna et fit un grand sourire. Zarkane fronça les sourcils. Ce visage lui disait quelque chose.

C'était une femme brune qui semblait avoir sensiblement le même âge que lui. Un peu moins de la trentaine. Elle était jolie, élégante. Zarkane fouillait dans sa mémoire et la jeune femme semblait s'en amuser.

— Allez, cherche ! dit-elle sur un ton léger.

Zarkane sourit à son tour. Il fit un pas vers elle pour l'observer de plus près. Elle joua à montrer successivement ses deux profils. Comme un mannequin de mode. Un parfum poivré caressa Zarkane. Un effluve raffiné. Il ne l'avait certainement pas croisée dans les dix dernières années. Il cherchait encore.

— Allez, on joue aux devinettes, fit-elle en riant. Je suis un coquillage.

À part la *Vénus* de Botticelli dont elle aurait pu avoir le galbe, aucune image ne vint à l'esprit de Zarkane. Il secoua la tête pour montrer son impuissance.

— Bon, on joue plus alors, fit-elle, mutine… Betty !

Et, d'un coup, Zarkane s'illumina. Betty ! La fille du libraire. La plage avec toute la bande. Le coquillage pour touristes, avec son nom dedans. L'été 1971.

— Ça alors ! Euh… mais qu'est-ce que tu fais là ? bredouilla-t-il.

— On s'embrasse d'abord, lança-t-elle en lui sautant au cou.

Elle était gaie. Légère.

— En fait, je suis dans la brocante, fit-elle en montrant l'ange du puits. Je sillonne la campagne à longueur de journée. C'est fou, je n'étais jamais passée par là. Faut dire que c'est plutôt paumé. Quand j'ai vu

« Les Fauvettes », ça a tilté tout de suite. J'ai de la mémoire… Moi.

Zarkane avait souri à « tilté ». Ce petit mot désuet le ramenait aux années flipper. Il la revoyait clairement, à présent. Une jolie brunette de dix-huit ans, en jupette ultra-courte et en grandes chaussures à talons compensés. La mode de l'époque. Une gentille gamine gaie et libre. Comme la mode d'alors. Quand il était interdit d'interdire. Quand il suffisait de soulever les pavés pour trouver la plage. Et que le sable était gratuit.

Betty le tira de sa rêverie nostalgique :

— Il est magnifique, cet ange. J'aimerais bien trouver le même. À moins qu'on puisse discuter le prix de celui-là.

— On peut parler de ça en allant boire un café dans la maison ? proposa-t-il.

— Mais bien sûr, Kéma !

Zarkane eut un sursaut. Ça faisait si longtemps qu'on ne l'avait pas appelé comme ça. Pour se donner une contenance, il choisit le sourire et, tel un laquais, fit une révérence en s'écartant et dit, avec une condescendance exagérée :

— Mais je vous en prie, madame Betty. Après vous. C'est par là.

Elle sourit encore et rectifia :

— Non, pas madame Betty. Ça, c'était mon surnom d'ado, et, entre nous, je n'ai jamais pu le supporter. Appelle-moi par mon vrai prénom. Elizabeth, tout simplement.

Et Elizabeth franchit pour la première fois l'entrée

de la maison où elle mourrait, assassinée, six ans plus tard.

Il ne lui céda pas l'ange. Elle en fut un peu contrariée, mais promit de revenir. Et elle revint souvent. Pas pour l'ange. Pour lui. En deux semaines, huit cafés, trois balades et un repas en tête à tête, il sut tout d'elle : une vie banale. Un mariage raté. Pas d'enfant. Quelques aventures par-ci par-là. Rien de sérieux. La brocante depuis cinq ans. Mi-travail, mi-loisir. En attendant de reprendre certainement la librairie familiale qui était devenue une des plus grandes de Toulon.

Zarkane, lui, s'inventa une vie à l'étranger. Dans les affaires, avait-il dit, en restant vague comme tous ceux qui ne veulent pas qu'on fouille dans les leurs. Côté sentimental : comme elle. Un mariage raté et quelques aventures aussi. Par bonheur, elle n'avait jamais entendu parler de lui pendant la période trouble. Il avait glissé le Gadjo Magnifico dans la conversation, pour la tester. Elle en avait eu des échos. Sans plus. Et puis elle connaissait Kéma, pas Zarkane.

Il faudrait bien dire la vérité, un jour. Mais sans la brusquer. Parce que c'était une évidence depuis qu'elle lui avait souri, près de l'ange, la première fois : il y aurait quelque chose entre eux.

Zarkane était loin d'être guéri de tout. De l'alcool, de la drogue, c'était sûr. Mais Laura rôdait encore en lui, incurable. Elizabeth arrivait au bon moment. Ce n'avait pas été un coup de foudre, comme pour Gelsomina. C'était plus diffus. Plus naturel. Dans le cours des choses. Comme s'ils s'étaient donné rendez-vous dix ans plus tôt. Comme si c'était écrit. Elizabeth était enjouée, rieuse, disponible. Elle paraissait ne traîner aucune souffrance irréversible. Elle arrivait dans la vie de Zarkane avec des bagages légers. Il décida de poser les siens, si lourds, un soir de novembre.

Il l'avait invitée à dîner aux Fauvettes. Clovis avait sorti le grand jeu : les chandeliers, la vaisselle du dimanche. Il avait même installé une petite chaîne qui diffusait les violons de Strauss. Il avait servi le repas en parfait maître d'hôtel. Elizabeth était splendide. L'âme offerte, comme toutes celles qui savent déjà qu'elles feront don du reste au bout de la nuit. Ils parlèrent de peinture pendant presque tout le dîner. Il lui raconta comment il peignait en musique. Elle était captivée. Il courut même chercher son chevalet, ses pinceaux, et quelques coupelles de couleurs de fleurs. En deux minutes, il jeta sur la toile son émotion du moment au rythme de l'emballement final de *Sang Viennois*. C'était magnifique. Elle était subjuguée. Elle applaudit au dernier coup de pinceau, et lança, comme une enfant gourmande :

— Je le veux… Je le veux !

Il lui expliqua son goût de l'éphémère. Son choix de destruction immédiate. Elle en fut encore plus bouleversée. C'est sans doute à ce moment-là qu'il la séduisit définitivement.

Il brûla la toile dans la cheminée. Elizabeth, fascinée, ne quittait plus le feu des yeux.

— C'est extraordinaire, murmura-t-elle. Quelle

sensation merveilleuse. Mélancolique et gaie. Tellement unique. Ce mélange de satisfaction et de cruauté. J'en connais qui paieraient cher pour ça. Tu imagines ? Tu fais venir des dizaines de personnes dans le jardin, et tu leur offres un moment d'éternité.

Zarkane sourit gentiment. On n'en était pas encore là. Et il ne s'estimait pas suffisamment doué pour jouer à l'artiste rare.

— Mais si, argumenta Elizabeth avec un enthousiasme déconcertant. Je m'en occupe, si tu veux. Toi, tu as le talent, et moi, j'organise le reste.

Elle était désarmante. Une tornade d'énergie. Elle avait le charme fou de ceux qui vous expliquent que l'impossible ne l'est jamais tout à fait. Et qui, par miracle ou persuasion, arrivent toujours à ce qu'ils veulent. Elle faisait des grands gestes en continuant à s'enthousiasmer :

— Je vois déjà la publicité : « Kéma, peintre symphonique de l'éphémère ».

Il lui attrapa les mains pour les réunir dans les siennes. Elle se calma et prit son regard le plus doux. Elle savait que l'aveu était pour maintenant. Qu'il allait lui proposer l'amour et qu'elle accepterait. Ce fut ça, bien sûr. Mais au bout d'une longue confession.

— Pas Kéma, Zarkane, commença-t-il.

Et pendant une heure, il vida tout. Dans le moindre détail. Il ne passa rien sous silence. Ni les meurtres, ni même les coups à Laura et l'enfant perdu. Pourquoi à elle ? Pourquoi maintenant ? Il ne savait pas. L'instinct. Et l'intelligence aussi, bien sûr. Il l'avait analysée au cours des précédentes rencontres. Patiemment. Sans se presser. Il savait qu'elle était bien plus forte que légère, malgré ses exaltations d'enfant. Intègre, aussi. Quoi qu'il dévoile, et même si elle devait s'enfuir, elle n'irait le répéter à personne. La conscience d'un prêtre dans le corps d'une actrice. Ça avait été sa conclusion à la suite de leur dernière rencontre. Il en avait souri en pensant que c'était mieux que le contraire.

Il termina ses aveux par un convenu « voilà ».

Elle avait tout écouté sans poser la moindre question. Elle avait tout encaissé sans broncher. Réprimant de toutes ses forces des débuts de nausée ou de larmes. Zarkane la fixait, inquiet. Le regard d'Elizabeth était perdu et illisible.

— Si tu veux, tu peux réfléchir, murmura Zarkane. Ou partir et ne plus revenir, je ne t'en voudrais pas. Mais j'aimerais tant que tu restes… Un peu ou toujours.

Elle sourit imperceptiblement. Et cette fois ne put retenir ses larmes. Elle approcha ses lèvres, ferma les yeux et l'embrassa comme jamais on ne l'avait embrassé. Un baiser d'amour et de larmes. Les meilleurs. Chauds. Inoubliables. Avec un goût de sel et d'absolu.

Plus tard, ils firent un amour gai, passionné et inventif. Celui que Zarkane faisait avec Laura était plus tendre. Muet. Elizabeth lui donna tout dès le premier soir. Un peu comme pour être à égalité de transparence. C'est elle qui alluma la cigarette d'après et ils la fumèrent à deux. Laura était présente, bien sûr. Mais moins qu'il ne l'avait craint. « Les souvenirs de peau qu'une autre peau efface, et que le temps qui reste arrache au temps qui passe. » Poésie de l'instant. En vers et tout contre elle. Il se releva pour noter les deux alexandrins qui lui étaient venus, comme ça. Son âme noire commençait à se teinter de rose. La chambre « des invités de loin » ne sentait plus le vieux bois. Juste un parfum d'amour et de Chanel. Était-ce le début du bonheur ?

Le lendemain, Elizabeth déjeunait comme tous les dimanches chez ses parents, au-dessus de la librairie. Après le repas, pendant la vaisselle, elle confia à sa mère son nouveau bonheur. Sans entrer dans les détails, bien sûr. Elle décrivit Zarkane comme un être fascinant, en racontant ce qui était avouable de sa vie. Quand elle cita le Gadjo Magnifico, Joséphine faillit laisser échapper l'assiette qu'elle tenait.

— Mais ma petite, tu es folle ! J'en ai entendu parler, de ton loustic ! Toute la ville en a entendu parler, d'ailleurs !

— Eh bien, pas moi !

— Tu es bien la seule. On dit que c'est un voyou dangereux. On dit aussi qu'il en a lourd sur la conscience. Ces derniers temps, le bruit courait qu'il avait subitement disparu. Certains disent qu'il aurait été éliminé, ce qui n'a pas l'air d'être le cas. D'autres, qu'il serait en prison pour longtemps.

— Ce n'est pas le cas non plus, fit Elizabeth, agacée. Tu sais, on dit beaucoup de choses.

Joséphine posa son torchon, et prit Elizabeth tendrement par les épaules.

— Écoute, ma petite fille. Jusqu'à présent, on t'a fait confiance, ton père et moi, et tu ne nous as jamais déçus. Je ne voudrais pas passer le reste de ma vie à pleurer.

Elizabeth l'embrassa doucement sur la joue et murmura :

— Ne crains rien, maman, je sais ce que je fais. Ce qu'il a été, c'est du passé, crois-moi. Et il vaut mieux pour moi quelqu'un qui a fait des fautes avant et qui veut se réhabiliter, plutôt qu'un autre, tout pur, qui pourrait les faire après.

— Il y en a aussi qui ne font jamais de fautes. Regarde ton père, par exemple. Ça, c'est un homme. Un vrai.

Elizabeth se contenta de hocher la tête, et embrassa encore Joséphine.

— N'aie peur de rien, maman. Je suis une grande fille, et si tu pleures le reste de tes jours, ce sera de bonheur.

Elle revint dans la salle à manger, fit un baiser sur le front de son père qui somnolait et sortit. En descendant l'escalier, elle ne put s'empêcher de laisser couler une larme en pensant à « l'homme », au « vrai ». Son gentil papa, qui, lorsqu'elle avait seize ans, avait pris sa main, un soir, dans le canapé, et l'avait posée sur son sexe. Elle l'avait giflé. Il s'était excusé à genoux, la suppliant de ne rien dire à Joséphine. Ce qu'elle avait d'ailleurs fait. Ça aurait servi à quoi ? Un homme, un vrai, elle en connaissait un. Et elle était décidée, plus que jamais, à lui donner bien plus que ce qu'elle avait offert le premier soir, de tout son corps.

Elizabeth vint s'installer aux Fauvettes le week-end suivant. Dès son arrivée, elle s'appropria la décoration de la maison. Décida d'enlever ceci, de rajouter cela. Sans qu'il sache vraiment pourquoi, Zarkane la laissa bouleverser son univers. Il avait une confiance étonnante en ses goûts. Il savait bien qu'elle ne venait rien lui prendre. Elle voulait juste enjoliver leur nid. Et, sacrifiant sa nostalgie des lieux, il l'autorisa à peindre un nouveau décor. Elle était tornade, et il lui laissait balayer les parfums anciens et les bibelots obsolètes sans appréhension. Comme si lui-même l'avait souhaité depuis longtemps sans oser le faire. C'était l'expression d'une des composantes les plus subtiles de l'amour à deux : réaliser l'envie de l'un sans que ce « viol intime » n'entame l'orgueil de l'autre. Le sceau des histoires faites pour durer.

Elle s'entendait à merveille avec Clovis avec lequel elle partageait l'amour de la décoration orientale. C'était la passion nouvelle du Frangin, qui, à l'occasion d'une de ses rares sorties, avait entamé une relation avec un antiquaire un peu âgé, mais adorable et passionnant. Il s'appelait Gaëtan. C'était un petit homme rond, assez laid, d'une cinquantaine d'années. Il était fasciné par l'esprit simple et le dévouement naturel de Clovis. Le couple paraissait improbable, mais à y regarder de plus près, pas si dépareillé que ça.

Le maître et l'élève. L'esthète et le rustre. Chacun apportant ce qui manquait à l'autre. Sans compter des physiques difficiles qui étaient sans doute pour beaucoup dans les liens qui avaient attaché leurs solitudes.

Gaëtan vint de temps en temps aux Fauvettes partager des moments délicieux. Des repas noyés de rires. Il fut aussi le nouveau spectateur des « éphémères » de Zarkane. Son extrême sensibilité décupla son éblouissement.

— Elizabeth a raison, avait-il dit après la première séance. Comme une exposition est irréalisable de fait, il faut faire partager ça à de vrais amateurs. Pourquoi ne pas organiser des exécutions publiques. Le terme est bon d'ailleurs, et très approprié puisque, à la fin, la création y est assassinée. On devrait le garder, en y mettant des guillemets, bien entendu. Ce serait un *must*. Je suis sûr qu'on se battrait pour venir. J'ai beaucoup de relations parisiennes en quête de raretés, qui paieraient cher pour assister à un moment si intense.

— J'ai encore de quoi vivre longtemps sans prostituer ma peinture, argumenta Zarkane.

— Il ne s'agit pas de prostitution, mais de partage. À moins que ces jetés flamboyants y incluent un égoïsme primaire. J'avoue que je ne l'ai pas saisi. Au contraire, vous avez le pinceau généreux, Zarkane. Cela vous déplairait-il tant que ça de devenir une curiosité, un héros magnifique ?

Un Gadjo magnifico de luxe, alors ?

Zarkane était troublé. Et si tout avait été écrit pour en arriver là ? Et si les années d'enfer n'avaient été envoyées que pour l'enrichir ? Sa peinture explosait de ses douleurs, de ses culpabilités, de ses remords et de sa repentance. Elle était éphémère à cause de son abandon. Les rouges saignaient ses blessures. Les blancs affirmaient sa rédemption. Chaque lumière peinte était multicolore comme une robe de gitane qui s'envole. Un arc-en-ciel. Et si, après toutes ces années de pluie, son arcane majeur prédestiné était celui du Soleil ? Et si ce soleil s'appelait Elizabeth ?

Tout alla très vite entre Zarkane et son nouvel amour. La complicité de leur vie de couple aussi bien que les nouvelles ambitions artistiques. En quelques mois, ils atteignirent un équilibre parfait dans leur quotidien amoureux. Avec elle, tout était simple. D'un sourire gomme, elle effaçait la moindre angoisse. Et les mauvaises images s'en allaient en oiseau. À tire d'elle !

Elle n'avait posé qu'une seule condition pour laquelle elle avait juré d'être intraitable : que Zarkane n'ait plus jamais le moindre rapport avec le milieu. Sous quelque prétexte que ce fût.

Professionnellement, elle se démena afin qu'il puisse, au plus vite, tenter la mise en place de « shows » pour son art si original. Il avait fini par en accepter le principe, en refusant toutefois de les intituler « Exécutions publiques ». Une expression bien trop lourde de sens. Il choisit « Corridas picturales », tout aussi bien approprié, puisqu'à la fin les œuvres étaient mises à mort.

Et plus les jours passaient, plus les sales souvenirs s'estompaient. Il y avait bien des soirs, encore, où Zarkane restait de longues minutes devant la télévision éteinte pour se soigner à Papa Charly. Mais de moins en moins souvent. L'insouciance gaie d'Elizabeth faisait le reste.

Au cours de l'été 1981, il eut six séances de Corridas dans le jardin des Fauvettes. Les spectateurs étaient une cinquantaine, venus parfois de très loin. À chaque fois, ce fut un triomphe. Ils s'asseyaient à leur gré sur des chaises de jardin, face au podium où Zarkane se produisait. De gros haut-parleurs envoyaient la musique et il commençait à jeter ses émotions sur la toile. La communion était magnifique. À la dernière envolée, Zarkane jetait les pinceaux sous les applaudissements. Et lentement, il détruisait son œuvre. La leur. Un instant unique qui partait ensuite en fumée. Certains recueillaient même précieusement les cendres.

Zarkane était parfaitement heureux dans ce monde virtuel. Enfin, pas si virtuel que ça, puisque son originalité fit qu'on lui proposa très vite des ponts d'argent, pas encore d'or, pour aller peindre ailleurs. Elizabeth, pragmatique toujours, décida que, l'été, ils ne quitteraient pas le domaine. En revanche, l'hiver, ils iraient éventuellement épater quelques particuliers en mal d'émotions rares dans des salons parisiens ou genevois. Elle refusait, en revanche, toute publicité autre que le bouche à oreille. Interdisait toute photo des œuvres ou de l'artiste. Elle refoula même avec une extrême violence des journalistes spécialisés trop curieux. Que personne n'aille trop fouiller dans le passé de Zarkane !

Tous les bas quartiers de Toulon bruissaient évidemment de cette reconversion inattendue. Mais les commentaires se terminaient presque toujours par : « Il est devenu complètement fada. » Une aubaine pour leur tranquillité.

Un soir de mai 1982, Elizabeth se leva de table et se dirigea vers le portail d'entrée.

— Où tu vas ? lança Zarkane.

Elle ne répondit pas et continua son chemin. Zarkane finit tranquillement son café et partit à son tour dans l'allée, intrigué.

Elizabeth était assise en tailleur en plein milieu du chemin, à l'entrée de la propriété. Elle jetait des regards à droite et à gauche.

— Qu'est-ce qui se passe ? demanda Zarkane, inquiet.

— J'attends quelqu'un, répondit Elizabeth.

— Qui ?

— Je ne sais pas. Victor ou Fanny. Ça dépend si c'est une fille ou un garçon. En tout cas, il sera Sagittaire, comme nous.

Zarkane la souleva de terre et se mit à tournoyer en riant. Au comble du bonheur.

Pourquoi les mêmes fautes ne condamnent-elles pas toujours aux mêmes peines ? Pourquoi les mêmes espoirs ne mènent-ils pas tous aux mêmes joies ? Nos bonheurs manqués ne repasseront-ils pas un jour ou l'autre ?

Et quelle autre question que : pourquoi celle-ci et pas celle-là ?

Et quelle autre réponse que : parce que c'était écrit…

… Dans les arcanes ?

Zarkane, mon amour

La cellule. 2 août 2003.

Zarkane tourne et retourne la lettre de Laura dans ses mains. Une grande enveloppe blanche sans adresse. Il hésite encore. Pourtant le danger n'est pas très grand. Il la respire, pour y chercher la trace de son parfum. Elle ne sent que le papier. Une messagère ordinaire. Sans empreinte.

Il l'ouvre.

Zarkane, mon amour,

Je me suis décidée à t'écrire au bout de ces trois longues années quand j'ai appris la bonne nouvelle, juste après toi. Aujourd'hui, ma présence ne peut plus être dangereuse. Il ne peut plus rien t'arriver pendant la petite semaine qui te reste à faire.

Je suis si heureuse pour toi, même si je tremble pour ton projet. Mais c'est ta vengeance et je n'ai pas le droit de la juger. J'ai parfaitement compris, le jour où je t'ai amené Matteo, les raisons pour lesquelles tu ne souhaitais plus me voir.

Moi aussi, j'ai connu une « prison » : les vingt ans passés loin de toi. Si j'avais eu des nouvelles, ou si je t'avais rencontré épisodiquement, sans pouvoir t'avoir tout à moi, je crois que je serais devenue folle. Matteo a été déçu, bien sûr. Mais j'ai tenté de lui expliquer, sans rentrer dans les détails, que c'était trop dur pour toi. Il a semblé comprendre, mais ne m'en a plus jamais parlé.

Pendant tout ce temps, j'ai continué à faire marcher mon salon d'esthétique à Aix. Ça se passe très bien. Mieux même que dans celui que j'avais à Turin. Je me suis forcée à ne pas venir et à ne pas t'écrire, mais j'ai pensé à toi chaque heure de chaque jour. Je me suis juste permis (j'espère que tu ne m'en voudras pas) d'aller fleurir la tombe de Fanny et d'Elizabeth. C'est étrange comme je me sens proche d'elles.

J'essaierai de toutes mes forces de t'aider à supporter tes douleurs quand tu seras sorti. Je t'aimerai, même si les fantômes prennent plus de place que moi.

Après mon divorce, quand je suis venue te chercher, je ne savais rien de ce qu'avait été ta vie. J'avais tellement peur que tout se soit éteint. Au premier regard, j'ai su que notre amour était éternel. Malgré l'atrocité du drame, tu as de la chance, Zarkane. Trois amours absolus vont te protéger jusqu'à la fin de tes jours : deux anges gardiens au ciel et un autre près de toi. Cette lettre sera la seule. À partir de maintenant, j'attends que tu me fasses signe. Prends soin de toi, mon amour. Je t'aime.

Zarkane remet la lettre dans l'enveloppe et la glisse dans la poche de sa chemise. Au plus près du cœur.

Le gardien lui a appris, il y a trois jours, que la sortie était officielle.

Dans une semaine.

La fresque au plafond s'est éclaircie. Comme recouverte par une lumière de surface. Il a réussi : il n'est pas devenu fou. Cette apnée impossible, ce plongeon extraordinaire, il l'a réalisé. Comme il se l'était promis. Il a vaincu l'incommensurable. Patiemment, palier par palier. Sans que sa motivation, malgré de grosses faiblesses, ne flanche tout à fait.

L'annonce de sa sortie imminente aurait dû lui donner un grand coup de fouet, le remplir d'une énergie nouvelle. Paradoxalement, c'est le contraire. Une chape de plomb s'est abattue sur lui. Son moral est bon, mais son corps est laminé. Depuis deux jours, il ne bouge pratiquement plus de son lit. Épuisé. Chacun de ses gestes est lent. Lourd. Comme si au moment de sortir, il n'allait pas en avoir la force physique. Il sait que c'est normal, mais ne peut s'empêcher de se poser mille questions.

« Et si j'avais seulement peur du dehors ? Peur de la liberté, peur des autres ? Et si derrière tout ça, il n'y avait rien ? Et si j'étais fou depuis le début ? Et si on m'avait enfermé pour ça ? Et si les pilules que me donne le gardien depuis des années étaient mon traitement ? Et si la fresque n'était qu'un délire supplémentaire ? Et si Elizabeth et Fanny n'avaient jamais existé ? Et si le reste n'avait pas existé non plus ? Et si je n'étais qu'un enfant traumatisé par le suicide de sa mère qui aurait perdu la raison et qu'on aurait enfermé pour toujours ? Et si ma mémoire réelle s'était arrêtée dans le cabinet du docteur Grignan ? Et si ma vie de voyou n'avait été que l'expression de ce que j'aurais voulu être ? Et si Fernand n'était qu'un père de cinéma, inspiré d'un vieux Gabin, le premier film que j'ai vu, tout petit ? Et si les tableaux éphémères n'étaient que l'illustration d'un dérèglement mental de plus ? Et si je m'étais fabriqué un roman chaotique ? Avec des souvenirs précis et des amnésies partielles. Des meurtres détaillés et des années de prison occultées. Parce que, justement, rien n'a existé. Et si Laura n'était venue que dans ma démence ? Et si c'était moi qui avais écrit cette dernière lettre ? Et si ma sortie était, elle aussi, une hallucination ? Et si je devais mourir ici ? Et si ma cellule n'était pas une prison ? Et si j'étais dans un asile ? »

Hiver 1983. Aux Fauvettes, on fêtait le premier anniversaire de Fanny. Elle était née Capricorne. De justesse. C'était un 22 décembre presque printanier. La petite fille souriait dans les bras de sa mère. Gaëtan et Clovis étaient assis, quasiment collés l'un à l'autre, comme si, même là, ils avaient peur de se perdre.

Le téléphone sonna et Zarkane alla décrocher.

— Oui… Salut, Fernand… C'est gentil, merci… Où ça ? D'accord, j'y vais tout de suite.

Elizabeth blêmit.

Depuis quelques mois, Zarkane et Fernand se reparlaient. Par téléphone seulement. Elizabeth avait très mal pris la chose. Zarkane l'avait rassurée en lui disant qu'en aucun cas il n'était question de renouer le moindre lien avec ce monde-là. Il avait argumenté en affirmant que, comme il l'avait dit jadis à Fernand, voyou, plombier ou instituteur, il resterait quand même son seul père. Alors, ils prenaient de leurs nouvelles régulièrement, mais rien de plus. Et il avait juré de ne parler avec lui que de la famille et de rien d'autre. Mais elle s'était emportée. La conversation avait un peu dégénéré. Ça avait été leur seule scène de ménage en trois ans. Elle redoutait tant que ses vieux démons le rattrapent. Il avait fini par la rassurer. Ce n'était que des coups de téléphone d'amitié. Et ça ne resterait que ça. Et en aucun cas, Fernand n'avait l'intention de pénétrer dans leur vie, ne serait-ce que pour boire un café.

Il raccrocha et Elizabeth demanda, inquiète :

— Tu vas où ?

— Chercher Benoît. Il l'a déposé à l'entrée.

Elle se figea un peu plus. Et Zarkane sortit.

Quand il revint quelques minutes plus tard, elle avait toujours le visage tendu. Il entra en tenant une grosse boîte à la main. Il la posa sur la table et l'ouvrit en lançant triomphalement :

— Je vous présente Benoît !

Et il souleva à bout de bras un bébé labrador effarouché. Tout le monde applaudit le petit chien et Elizabeth consentit enfin à sourire.

— C'est le cadeau de Pépé Fernand, fit Zarkane en riant. Il l'a fait déposer devant le portail pour mademoiselle Fanny.

Il le posa sur la table. Puis fit le tour pour aller embrasser tendrement Elizabeth. Il lui murmura à l'oreille :

— Tu vois bien qu'il n'y a plus de risques.

Et il y eut la traditionnelle séance de Polaroïd, où tout le monde se retrouva sur la même photo. L'instantané d'un bonheur ordinaire. De ceux qui réchauffent les mémoires des années plus tard, quand on les ressort d'un vieux tiroir. Ou qui les glacent au moindre drame ou au moindre deuil. Quand on recompose les joies perdues en couleurs passées, elles aussi. Et qu'on contemple des visages disparus aux yeux rougis par le flash. Comme s'ils avaient pleuré d'avance.

Au moment du gâteau, Clovis se leva pour prendre la parole. Il commença par une boutade :

— Elizabeth, il faut d'abord que je te rassure : il n'y a qu'un parrain ce soir, c'est moi !

Elle se força à sourire.

Il enchaîna.

— Benoît arrive pile au bon moment. Il va pouvoir veiller sur Fanny… J'ai une nouvelle à vous annoncer. Elle est très bonne pour moi. J'espère qu'elle ne sera pas trop pénible pour vous. Voilà : je vais habiter à Toulon chez Gaëtan.

Il y eut un instant de flottement.

— Je pense qu'à trente-deux ans, il est temps que je quitte les jupes de mon frère. Vous êtes une vraie famille maintenant, et vous n'avez plus besoin de moi.

— Mais si, firent presque ensemble Zarkane et Elizabeth.

— Attendez… Je reviendrai souvent. Mais je préfère vous laisser seuls avec votre bonheur à trois. Et puis, je vais aussi travailler au magasin d'antiquités avec Gaëtan. Et ça, ça m'excite…

— Peut-être plus que moi, plaisanta Gaëtan.

— Allez ! lança-t-il en levant son verre. À la santé de Fanny, d'Elizabeth, de Zarkane et de nous deux !… À la santé de l'amour !

— … et de Benoît, rajouta Gaëtan, espiègle.

Il y eut des bravos, des embrassades, et encore des photos aux yeux rouges.

Pendant que Gaëtan et Elizabeth s'extasiaient sur Fanny, Clovis prit Zarkane à part.

— Pour l'entretien, j'ai trouvé quelqu'un de fiable. Un ami qui m'a dépanné quelquefois en outils. C'est un homme discret, très bon jardinier, et bricoleur aussi, qui est disponible aujourd'hui. Les propriétaires de la villa dans laquelle il travaillait sont remontés sur Paris. Il pourra tout faire dans la maison. En plus, il habite à peine à dix kilomètres. Fais-moi confiance, il est sérieux. Je lui ai dit de venir demain pour que je te le présente. Mais s'il ne te plaît pas, je resterai jusqu'à ce qu'on en trouve un autre.

— C'est un ami… « ami » ? demanda Zarkane précieusement.

— Pas du tout, répondit Clovis en souriant. C'est un bon père de famille, tout ce qu'il y a de plus sérieux. Oh, il boit bien un petit coup de temps en temps. Mais jamais au boulot.

— Et il s'appelle comment ?

— Fontanella… Luigi Fontanella.

Le lendemain, l'entretien débuta plutôt mal. Luigi était debout, tortillant dans ses mains d'ouvrier épaisses une casquette grise. C'était un grand homme très brun, sec et noueux. Ses bras étaient presque anormalement longs. Son visage, émacié. Les yeux enfoncés vert clair, presque transparents. Il se balançait sans cesse d'un pied sur l'autre. Le trac, sans doute.

— Mon neveu Arturo a travaillé pour vous au Gadjo Magnifico, dit-il en souriant après les présentations d'usage.

Zarkane se leva, apparemment contrarié, et fit signe à Clovis de le suivre dans la pièce voisine. Ils revinrent quelques minutes plus tard. Il semblait calmé.

— Que les choses soient claires, monsieur Fontanella. Tout ça, c'est du passé. On n'en parle plus. Ceci étant dit, Clovis m'a dit beaucoup de bien de vous. Si vous travaillez ici, ce sera plus que ça, vous ferez un peu partie de la famille. Alors j'ai besoin de discrétion et de disponibilité.

— Pas de problème, fit Luigi, aimable. Je pourrai travailler tant que vous voulez. Je compte pas mes heures. Et puis pour la discrétion, je suis une tombe.

Le mot était bien malheureux, mais aucun des trois ne le savait encore.

— Juste, je rentrerai chez moi le soir. Mais si vous avez besoin que, des fois, je reste, je pourrai, si je préviens ma femme.

Zarkane avait une bonne impression. Le parler était brut, mais l'homme semblait droit. Luigi était un brave. De la race des dévoués. Sûrement très honnête. Dans la tradition des émigrés italiens. Courageux, et attaché profondément à la famille.

Après quelques questions supplémentaires, Zarkane dit :

— Bien, je pense que ça va aller. Vous pouvez commencer quand ?

Il allait répondre quand Elizabeth entra en tenant Fanny dans ses bras.

Zarkane remarqua que, d'un coup, le visage de Luigi s'était transformé. Il semblait hypnotisé. Elizabeth lui serra la main en faisant les présentations :

— Moi, c'est Elizabeth, et elle c'est Fanny.

— Elle est jolie, cette petite, dit Luigi, ému et le visage tout illuminé.

Clovis lança, jovial :

— Il a l'habitude des enfants, il en a fait huit.

— Huit ? reprit Elizabeth en ouvrant de grands yeux.

— Oui, confirma Luigi. Que des garçons. Ma femme ne sait pas faire les filles.

Il avait dit ça en riant, mais Zarkane avait décelé un peu d'amertume. Il comprit alors la fascination qu'il avait lue sur son visage. Luigi allait pouvoir voir grandir une petite fille, et ça paraissait le combler de bonheur. L'accord se conclut autour d'une bouteille de bon vin. Et Luigi commença dès le lendemain.

Au bout de quelques semaines seulement, le jardinier faisait vraiment partie de la famille. Il était d'une gentillesse et d'une serviabilité sans faille. Benoît le suivait partout. Et dès qu'elle commença à gambader, Fanny en fit autant.

Et les mois s'écoulèrent, tranquilles. Sans accroc à la nappe blanche. Elizabeth avait abandonné sa brocante, mais continuait à sillonner les routes du Var en quête de vieilleries rares, qu'elle rénovait et dont elle décorait la propriété juste pour le plaisir. Ainsi, la maison se parait au fil du temps d'une « nouvelle âme vieille ». Zarkane peignait. Et ils faisaient l'amour tous les soirs. La régularité des étreintes neuves. Quand les cœurs sont encore trop frais pour que la peau soit lasse.

Il y eut cependant une petite alerte dans ce bonheur paisible, en décembre 1985. Fanny allait bientôt avoir trois ans. Elle était vive, bavarde et gaie et Zarkane, évidemment, en était fou. Elizabeth et lui étaient marchands de sable à tour de rôle, un jour sur deux. Ce soir-là, c'était Zarkane. Il la coucha dans son lit, la borda, et lui lut pour la centième fois les aventures de l'éléphant gris à la couronne. Et puis, il réclama :

— Un bisou d'amour ?

Fanny l'embrassa sur la bouche et lui dit en riant :

— Comme Luigi…

Zarkane blêmit.

— Comment ça, comme Luigi ? demanda-t-il, inquiet.

— Ben, oui. On caresse et après… Un bisou d'amour.

Zarkane tremblait. Il n'insista pas, embrassa encore sa fille, et sortit, les poings serrés.

Quand il raconta la scène à Elizabeth, elle se raidit. Elle fut tentée d'avouer à Zarkane la dérive de son père qu'elle avait toujours tenue secrète. Elle y renonça. Puis elle analysa la situation posément, comme à son habitude. Elle en conclut qu'il n'était pas urgent de s'affoler, avant d'être totalement sûr que ces « caresses » et ces « bisous d'amour » étaient réels, d'une part, et éventuellement pervers, d'une autre. Peut-être ne s'agissait-il que de caresses dans les cheveux et de bisous paternels sur le front. Ils décidèrent d'une surveillance étroite dès le lendemain. Ils commencèrent à faire l'amour, puis s'arrêtèrent au bout de quelques secondes. Ils n'avaient pas le corps à ça.

Le lendemain matin, devant Luigi, Zarkane prétexta un colis à aller chercher à l'aéroport de Hyères et Elizabeth mentit qu'elle allait faire les magasins à Toulon. Ils partirent ensemble, garèrent la voiture à une centaine de mètres et revinrent « en Sioux » se dissimuler, chacun dans deux endroits « stratégiques » du parc des Fauvettes.

Luigi sortit de la maison en tenant Fanny par la main. Ils passèrent tout près d'Elizabeth sans la voir et s'arrêtèrent à peine à deux mètres, devant une rangée de roses blanches. Luigi s'accroupit, prit Fanny par l'épaule et lui dit tendrement :

— Allez… tu te rappelles comment on fait ?

Le cœur d'Elizabeth explosa.

— Oui, répondit Fanny. D'abord une caresse…

Et elle se pencha, attrapa la rose d'une main et caressa les pétales avec l'autre.

— … et puis un bisou d'amour.

Elle embrassa la fleur.

— Elles ont besoin de tendresse, dit Luigi. Elles sont vivantes, tu sais. C'est pour ça qu'il faut être très gentil pour qu'elles soient encore plus belles. Et puis il faut leur parler aussi. Allez, répète après moi : Tu es très jolie, petite rose.

— Tu es *crès* jolie, petite rose, récita Fanny.

Elizabeth poussa un long soupir, et dut mettre la main sur sa bouche pour ne pas hurler de soulagement.

Luigi ne sut jamais les soupçons qui avaient pesé sur lui. Zarkane et Elizabeth se sentaient un peu coupables de cette suspicion. Cela renforça leur attachement à cet homme irréprochable.

Et la vie reprit son cours. Tranquille.

Fanny grandissait. Elizabeth riait. Et Zarkane planait.

Quand, dans les moments de solitude, il repassait sa vie, il se voyait chaque fois pilote d'un grand avion blanc. La carcasse avait décollé du camp de gitans, il y avait maintenant plus de vingt ans. Il y avait eu des orages, de gigantesques trous d'air. Cent fois, il avait frôlé des sommets de montagnes. Les bourrasques de vent l'avaient presque retourné. Et là, il glissait. Par grand beau temps. Au rythme des oiseaux migrateurs. Vers des ailleurs chauds.

Le crash eut lieu le 19 juillet 1986.

L'avion commença à tomber en piqué quand Benoît aboya plus fort que d'habitude. Pour une fois, cet après-midi-là, Zarkane faisait de la peinture « utile ». Les volets de la maison auxquels il avait décidé de rajouter une touche de bleu.

Une voiture s'était garée devant le portail et trois hommes remontaient l'allée, sans se soucier des aboiements qui les accompagnaient.

— Va coucher, Benoît ! ordonna Zarkane.

Les hommes s'arrêtèrent à deux mètres de lui, et celui du milieu s'avança d'un pas.

— Je suis le Catalan, dit-il en lui tendant la main.

— Je t'ai reconnu, laissa tomber Zarkane, froid, ignorant son salut.

— Il faut que je te parle.

Zarkane le fixa un instant, puis tourna les talons et se

remit à peindre les volets, comme si de rien n'était, en lâchant :

— Vous n'avez rien à faire ici, et je n'ai rien à entendre. Alors, s'il vous plaît, sortez de chez moi.

— L'Anguille va mourir, Zarkane. Il ne passera pas la nuit. C'est lui qui nous a demandé de venir te chercher. Il est trop faible pour même téléphoner. Il veut juste te voir une dernière fois. Alors sois à la villa du Cap Brun dès que tu pourras. Mais ne tarde pas trop. C'est une question d'heures.

Zarkane s'était arrêté de peindre. Il ne se retourna pas, et entendit juste les pas s'éloigner sur le gravier.

— C'était qui ? lança Elizabeth de la fenêtre d'en haut.

— J'arrive, répondit-il.

Et il entra dans la maison.

Dans leur chambre, Elizabeth semblait agacée. Elle était agenouillée près du lit, une lampe à la main.

— On n'y voit rien là-dessous, râlait-elle. C'est fou quand même, je n'arrive pas à remettre la main sur mon collier. Il n'y a pourtant pas de voleurs dans cette maison. À moins que… Attends.

Elle alla à la fenêtre et appela :

— Luigi ! Luigi !

Il accourut.

— Il y a un problème, madame ?

— Fanny est avec vous ?

— Oui.

— Demandez-lui si elle ne s'est pas amusée avec mon collier. Il est en or, avec deux petits diamants.

Cette petite peste est bien capable de me l'avoir chipé pour le mettre à sa poupée.

— J'y vais tout de suite, madame.

Elizabeth referma la fenêtre et recommença à fouiller tout en parlant :

— Excuse-moi, mais ce collier a quand même de la valeur… À propos, tu ne m'as pas répondu, c'était qui ?

— Des hommes à Fernand, répondit Zarkane en se laissant tomber sur le coin du lit.

Elizabeth s'arrêta net.

— Ils voulaient quoi ?

— Fernand va mourir dans les heures qui viennent. Il veut me voir une dernière fois.

Après un temps, Elizabeth lança, contenant son énervement :

— Tu fais ce que tu veux, Zarkane. Mais, si tu veux mon avis…

— Je ne le veux pas ! coupa-t-il, brutal.

Elle se cabra, jeta la lampe à travers la pièce et sortit en claquant la porte.

Il resta plus de deux heures seul dans la chambre. En secret, il espérait qu'Elizabeth allait remonter, calmée. Qu'elle réaliserait, sans se braquer, que la circonstance était exceptionnelle. Cependant, il la comprenait. Il avait juré que, quelle que soit la circonstance, justement, il n'aurait plus jamais aucun contact avec ce monde-là.

Elizabeth ne remonta pas.

Vers dix-neuf heures, il se leva d'un bond et sortit en claquant lui aussi la porte. Il sortit de la maison au pas de course et arriva au garage au moment où Luigi montait dans son véhicule pour rentrer chez lui. À la mine de Zarkane, le jardinier comprit qu'il y avait un problème.

— Quelque chose qui ne va pas ? demanda-t-il.

— Non, tout va bien, répondit Zarkane en s'engouffrant dans sa voiture. J'avais oublié que j'avais un dîner en ville.

Et il démarra, pressé.

Après avoir contourné la maison, il ralentit devant le perron. Elizabeth était dans l'encadrement de la porte, le visage grave. Elle tenait dans ses bras Fanny, qui faisait des signes d'au revoir avec sa petite main. L'ultime arrêt sur image. Il attendit quelques secondes et accéléra. Arrivé au portail, il jeta un coup d'œil au rétroviseur. Elizabeth et Fanny n'y étaient pas.

La voiture de Luigi non plus.

Le passager de l'hippocampe

La cellule. 6 août 2003. La dernière nuit.

Zarkane n'est pas fou.
Zarkane n'est pas dans un asile.
Zarkane sort demain.
Zarkane ne dort pas, bien sûr.
Zarkane a froid.

La villa du Cap Brun n'avait pas changé. Zarkane était garé devant le grand portail blanc. Il pleurait. La force des lieux. C'est souvent en arrivant au seuil de la maison d'un mourant qu'on craque. C'est une des lois du chagrin des deuils. Comme le parfum âpre d'une chambre funèbre. Toujours le même. Quel que soit le mort. Quelle que soit la chambre. Comme les lèvres d'une dépouille qu'on a l'impression de voir bouger vers la fin d'une longue veillée. Comme l'impression de sérénité du dernier masque. La mort impose ses codes aux survivants. Sa façon universelle de signifier : « C'est moi qui décide. » Zarkane était déjà prêt à tout ça. Au cas où il serait arrivé trop tard.

Le portail s'ouvrit au moment où il sortait de sa voiture. Le Catalan apparut, entouré des hommes de l'après-midi.

— Je savais que tu viendrais, dit-il.

Puis il fit le tour du véhicule, ouvrit la portière du passager et dit à Zarkane :

— Fernand n'est pas ici. Est-ce que tu pourrais nous conduire ?

Zarkane rentra dans la voiture et se mit au volant. Les deux autres prirent place à l'arrière.

— On va où ?

— Démarre, je vais te guider, répondit le Catalan.

Ils roulèrent sans autres mots que des indications d'itinéraire. Ils sortirent rapidement de Toulon en direction de Hyères, suivirent la côte pendant une dizaine de kilomètres, et bifurquèrent dans un petit chemin qui menait à une grande villa en bord de mer. Le portail s'ouvrit automatiquement. Zarkane n'eut aucune émotion. En fait, ce ne sont pas les lieux qui font pleurer, mais les souvenirs qu'on y a.

Ils contournèrent la maison, se garèrent et descendirent tous les quatre. Puis, ils suivirent une petite sente qui les mena en bord de mer. Un gros homme dans un zodiaque démarra le moteur dès qu'il les aperçut. Le Catalan invita Zarkane à y prendre place avec lui. Les deux autres restèrent à terre. Le petit bateau manœuvra et fila vers le large.

Zarkane n'avait toujours pas ouvert la bouche. Le Catalan était assis en face de lui et essayait en permanence de capter son regard, malgré les secousses de l'embarcation qui filait à toute allure. Il lança, en criant presque pour couvrir le bruit du moteur :

— On y sera dans un quart d'heure.

Zarkane ne tourna même pas la tête, les yeux fixés sur la côte qui s'éloignait.

La nuit commençait à tomber quand ils atteignirent *L'Hippocampe,* un Sunseeker de vingt-deux mètres. Ils débarquèrent du zodiaque et, à peine le pied posé sur le bateau luxueux, le Catalan se tourna vers Zarkane, et dit :

— Fernand est mort depuis deux jours.

Zarkane fronça les sourcils.

Le Catalan fouilla dans la poche intérieure de son blouson, en sortit une enveloppe qu'il tendit à Zarkane en disant :

— Prépare-toi au pire.

Zarkane l'ouvrit. Elle contenait une série de photos de Fernand. Massacré. Défiguré. Le visage avait été énucléé et ses parties génitales tranchées étaient posées sur son front. Une horreur absolue. Les photos tombèrent des mains de Zarkane et il alla s'appuyer au bastingage pour vomir.

Dans son dos, le Catalan, la voix nouée, lui lança :

— C'est ce fumier de Che qui a fait ça. De ses mains.

Zarkane se retourna, fit quelques pas, se baissa pour ramasser les photos et les jeta par-dessus bord.

Le Catalan avait sorti un rasoir de sa poche. Il le tendit à Zarkane en disant :

— On l'a attrapé. Il est dans la cabine, en bas… Il est à toi.

Comme Zarkane n'avait pas fait un geste, il posa le rasoir sur un coussin et s'éloigna vers l'avant du bateau.

Austerlitz, donc.

Zarkane était écorché. Tout son être était à vif. Une tempête de pulsions contradictoires se bousculait dans sa tête : la rage, la raison, la haine, le découragement, le devoir, la sagesse, le dégoût. Il revint s'appuyer au bastingage et balaya la mer du regard. Il se retourna vers la côte lointaine où clignotaient à présent des dizaines de fausses étoiles. Des réverbères, des fenêtres. La vie. Quelque part, là-bas, Elizabeth devait endormir Fanny avec un « bisou d'amour ». Loin. Trop loin. Tout était trop loin. Les Fauvettes. Mamma Lisa. L'enfance. D'où il était, il voyait Toulon et la lune. L'avion carcasse allait s'écraser. Une fois de plus. Ce n'était ni les photos ni le roulis qui lui donnaient la nausée. C'était la vie. Saleté de vie. Saleté de mort. Saleté de destin. La Maison Dieu des tarots. La mauvaise donne des arcanes.

Le Che était recroquevillé dans un coin de la cabine, les mains et les pieds entravés, le regard éteint. Son visage était couvert d'ecchymoses. Il ne parut même pas surpris de voir apparaître Zarkane, le rasoir à la main. Il leva les yeux, eut un léger sourire, et souleva la tête en offrant son cou. Ils n'échangèrent pas un mot. Zarkane porta un seul coup de lame. Sec. Profond. Le sang gicla sur lui. Puis il jeta le rasoir, défit son pantalon et urina sur le visage du mort.

Pendant tout le voyage retour, Zarkane ne quitta pas le ciel des yeux. Les étoiles se cachaient une à une. De gros nuages les avalaient et le vent bousculait de plus en plus la petite embarcation. Le zodiaque le déposa au moment où l'orage éclatait. Il monta dans sa voiture, traversa le parc de la villa et prit la direction de Toulon sous des trombes d'eau. Il se sentait sale. L'odeur infecte de la mort lui collait à la peau.

À l'embranchement de la route des Fauvettes, il se gara brusquement et jaillit hors du véhicule. Il se planta dans la lumière des phares, les bras écartés sous le déluge. Il poussa un long hurlement. Le tonnerre lui répondit en écho. Et il resta ainsi, sans bouger, ruisselant. Comme si l'eau du ciel pouvait le laver de son dernier crime. Un ondoiement de fortune, pensait-il. Une extrême-onction, plutôt.

Il était vingt-trois heures quand il passa le portail des Fauvettes. La pluie s'était arrêtée quelques secondes avant. Net. Comme un signe. Comme si la balade sordide n'avait été qu'une sale parenthèse. Comme s'il venait de sortir du dernier cauchemar de sa vie. Une dernière rançon du péché. Un dernier rappel pour régler définitivement la note du pire.

Ce n'était qu'un acompte.

Il fut d'abord surpris de voir toute la maison éclairée à cette heure-ci. D'habitude, Elizabeth prenait bien soin, après le dîner, d'éteindre toutes les lumières d'en bas avant de monter. En passant devant le perron, il remarqua la porte grande ouverte. Il alla vers le garage, et soudain eut une pensée qui le tétanisa : « Et si elles étaient parties ? Et si Elizabeth avait été si contrariée qu'elle avait pris Fanny sous le bras et qu'elle avait fui ? Chez sa mère, peut-être. » Ce genre de cavale conjugale arrivait à tant de couples.

En ouvrant la portière, il entendit Benoît hurler à la mort. Il se dit immédiatement qu'il avait sûrement vu juste. Le chien, qui n'avait jamais été seul, aboyait certainement son abandon. Il pressa le pas vers l'entrée.

Le choc fut d'une violence inouïe. Il prit la vision de plein fouet, au point qu'il chancela en arrière. Elles étaient collées l'une à l'autre au pied de l'escalier.

Broyées. Déchiquetées. Un hurlement déchirant envahit la maison. Benoît s'était tu.

Il fut brusquement saisi par une pulsion qu'il n'avait jamais connue : la panique. Il se mit à marcher sans but. Vite. Il sortit, rentra, partit dans la cuisine, revint. Tantôt il se prenait la tête dans les mains, tantôt il faisait de grands mouvements de bras désordonnés. Impuissant. Totalement déboussolé. Il s'approchait des corps, se penchait, puis repartait brusquement. Il hurlait par saccades. Le reste du temps, il cherchait sa respiration en répétant sur le même ton : « Non… non… non… » Il donnait des coups de pied dans les objets éparpillés par terre. Les tasses à café, des vases, l'abat-jour. Elles avaient dû lutter. Puis il fouilla dans le bar réservé aux invités et saisit une bouteille de whisky aux deux tiers vide. Il avala d'un trait ce qui restait et se laissa glisser par terre. Il se tordit de douleur et de chagrin, martelant le plancher à coups de poing et de tête. Enfin, il s'allongea sur le dos et resta ainsi sans bouger pendant de longues minutes, le regard fixe noyé de larmes. Ce n'est qu'à ce moment-là que les premières questions arrivèrent. Pour quelle raison ?… Pourquoi une telle sauvagerie ?… Qui ?

Bien sûr, il pensa en premier aux hommes du Che. Mais il ne l'avait exécuté qu'un peu plus d'une heure avant. Non, ce n'était pas possible. Ou peut-être que si. Il ne savait pas. Il ne savait plus. Et il échafaudait n'importe quoi. Un rôdeur, alors ? Des cambrioleurs surpris ? Benoît, dans un accès de rage ? Non, non. C'était ridicule. Alors qui ? Pourquoi ?

Il se releva doucement et se mit debout avec peine.

Sa tête tournait. L'alcool sûrement, dont il n'avait plus l'habitude. Il se décida à aller vers le téléphone. Il hésita encore, puis fit le 12, et demanda le numéro de la gendarmerie de La Valette.

Vers une heure du matin, l'ambulance emporta les corps après les constatations et les premières expertises d'usage. Zarkane était prostré dans la cuisine, en compagnie de deux gendarmes et de Gaëtan et Clovis, qu'il avait prévenus juste après les secours. Tout à coup, ils entendirent des cris de femme à l'extérieur. Zarkane se leva. Clovis le retint en disant :

— Reste ici, j'y vais.

Retenue par le commandant de la gendarmerie, Joséphine, la mère d'Elizabeth, se démenait et hurlait en pleurant :

— Je le savais !… C'est lui qui les a tuées !… Je vais le crever, cette ordure !… Je le savais… Ma petite fille… ma petite fille… Je vais le crever ! C'est un assassin, je le savais !… Laissez-moi passer !…

Deux autres gendarmes vinrent aider le commandant à la maîtriser en douceur et à l'éloigner.

Clovis revint à la cuisine.

— C'était quoi ? demanda Zarkane.

— La mère d'Elizabeth. Elle croit que c'est toi qui…

Il s'interrompit. Zarkane ne dit rien. Il baissa la tête. Coupable !

Encore coupable, même s'il ne l'était pas. Coupable

du suicide de Mamma Lisa. De la fuite de Laura. Coupable, coupable, coupable. Coupable de son passé. Elle avait raison de l'accuser, Joséphine. Et ce ne serait sûrement pas la seule si on ne retrouvait pas le véritable assassin. Il entendait déjà la question des policiers : « Où étiez-vous au moment du meurtre ? » Il répondrait quoi, alors ? « Je n'y suis pour rien. Quand ça s'est produit, j'étais en train d'égorger un homme sur un bateau au large de Toulon. » Non. Bien sûr que non !

Le commandant entra dans la cuisine.

— Je vais vous demander de nous suivre, s'il vous plaît. Nous devons vous interroger.

Beaucoup plus tard, vers quatre heures du matin, dans un bureau de la gendarmerie de La Valette, la machine à écrire crépitait encore. Zarkane était assis, la tête basse et les bras ballants. Le commandant but une gorgée de café chaud, reposa la tasse et demanda :

— Où étiez-vous au moment du meurtre ?

Il ne répondit pas.

— Je répète ma question ! fit le commandant d'un ton sec. Où étiez-vous au moment du meurtre ?

Il ne répondit pas plus. Il ne répondrait plus.

À partir de ce moment-là, Zarkane se mura dans le silence. Le commandant essaya tout : l'apitoiement, l'autorité, la menace. Zarkane se taisait. Zarkane ne voulait plus parler à personne qu'à lui-même.

« Coupable. Je suis coupable. Elle ne voulait pas que

j'aille là-bas. Elle avait raison. C'est sûrement les hommes du Che qui ont fait ça. Ça ne peut pas être autre chose. Une barbarie pareille… Et ma petite Fanny, mon dieu, ma petite Fanny. Mon bisou d'amour. Je suis une ordure. Un monstre. Je suis aussi coupable que ceux qui ont fait ça. Alors qu'on m'exécute. Ou qu'on m'enferme, puisque aujourd'hui on gracie les coupables et que la peine de mort n'est plus que pour les victimes. De toute façon, ma vie est finie. Alors autant la prison ! Dehors, je ne pourrais plus. Allez-y, condamnez-moi ! Foutez-moi au trou ou jetez-moi aux ordures ! Je le mérite cent fois. Je plaide coupable. Et pas de tribunal. Ce n'est pas la peine. Je n'ai aucune circonstance atténuante. »

Zarkane fut enfermé dans une cellule de la gendarmerie. Et partout, déjà, la fresque était là. L'abominable image d'Elizabeth et Fanny déchiquetées était inscrite partout. Il se coucha, la face contre le bois de la banquette qui lui tenait lieu de couche. Il y planta les ongles jusqu'à saigner. Et il fit des efforts surhumains pour étouffer les hurlements qui venaient du plus profond de lui. Il les transforma en une plainte lancinante, à peine audible, mais terrifiante. Le gendarme de garde en avait des frissons. Il geignit ainsi sans interruption et, vers dix heures du matin, se mit enfin à somnoler, soûlé de chagrin et d'épuisement.

Un bruit de conversation le tira du brouillard une heure plus tard. Le commandant était debout devant les barreaux de la cellule. À côté de lui, il y avait un petit homme en civil : l'inspecteur Moretti de la police judiciaire de Toulon. Une vieille connaissance. Un incorruptible. Un des rares. Intègre jusqu'au moindre café qu'il refusait qu'on lui offre quand, mi-client, mi-flic, il dînait parfois au Gadjo Magnifico. Il haïssait la pègre. Il était honnête, zélé, pervers, obstiné, et collectionnait les armes à feu. Un bon flic, quoi !

— Je suis venu te présenter mes condoléances, Zarkane.

Zarkane lui adressa juste un regard méprisant et se retourna vers le mur.

— Je suis aussi venu te dire que, cette fois, tu passeras pas à travers, salopard !

Zarkane se redressa et bondit. Il se colla aux barreaux qu'il serra de toutes ses forces. Il planta son regard dans celui de Moretti. Bien que la grille le protégeait, l'inspecteur fit quand même un pas en arrière.

— C'est pas la peine de t'énerver, fit l'inspecteur. Ici, ça sert à rien. Et puis, je me demande bien pourquoi tu nies l'évidence. Tu veux pas dire où tu étais et il y avait du sang sur ta chemise blanche. C'est clair, non ? Entre nous, tu aurais dû la prendre rouge, ça aurait fait ton sur ton… Tu sais, moi, j'ai jamais cru que tu te rangerais vraiment. Si tu les as massacrées pour récupérer la librairie des parents, tu baisses. Je plaisante, bien sûr. Moi, je pense plutôt qu'il y a une histoire de came là-dessous. Peut-être que tu te servais de la petite comme livreur, qui sait ? On peut en mettre des choses, dans les poupées. Peut-être qu'elle avait parlé, c'est bavard une gamine. Peut-être que sa mère…

— Peut-être que je suis innocent, le coupa Zarkane calmement, en faisant des efforts démesurés pour se contenir. Peut-être que je vais sortir vite. Et je t'égorgerai… Et ça, c'est pas peut-être !

— Ben voilà, il parle ! fit Moretti en souriant.

Puis il se fabriqua un masque de dur et se rapprocha de la grille jusqu'à presque toucher le visage de Zarkane. Il soutint son regard et dit presque à mi-voix :

— On a retrouvé le corps de Fernand ce matin, sur une plage, atrocement mutilé. Et, vingt kilomètres plus loin, sur une autre plage, celui du Che, égorgé. La guerre de succession va être terrible. Moi, je m'en réjouis à l'avance. Tant que les cafards s'écrasent entre eux ! Ça fait partie du folklore. Mais la mère et la petite fille, Zarkane, c'est bien plus que de la saloperie ordinaire. Y a pas de mot. Faudrait en inventer un. Peut-être qu'on appellera ça une « Zarkanerie » plus tard. Tu serais fier, hein fumier ? Je te lâcherai pas, ordure, je te lâcherai pas. Et après, en taule, tu regretteras tous les jours d'être né.

Il lui cracha à la figure et tourna les talons.

Au cours de la journée, les gendarmes sortirent Zarkane trois fois de sa cellule pour l'interroger. À chaque fois, il ne répondit à aucune question. Au dernier retour, vers minuit, le commandant lui annonça :

— Je pense que tu vas être déféré au parquet très

vite. Si tu n'y es vraiment pour rien, réfléchis et dis-nous ce que tu sais. Tu as toute la nuit pour ça.

Cette nuit-là fut pire que la précédente. Sûrement la plus terrible de sa vie. Il ne réfléchit pas. Il passa son temps à lutter pour repousser vague après vague les images du meurtre et celles des bonheurs passés. Incrustées pêle-mêle. La frimousse de la petite fille, le corps d'Elizabeth, les rires, les baignades, les petits déjeuners au soleil, et le sang, l'égorgement, les membres fracassés. Une horreur absolue. Inhumaine. Le paroxysme de la souffrance. Avec les yeux qui brûlent et tout le corps tétanisé. Et une seule envie : mourir aussi.

Au matin, c'est le commandant lui-même qui vint ouvrir la grille, l'air embarrassé.

— N'oublie pas ton blouson, fit-il, tu ne reviendras pas.

Il prit une inspiration et dit, la voix nouée :

— Le vrai coupable vient de se présenter… Il a tout avoué. Tu es libre.

Zarkane eut un temps d'arrêt, puis se rassit sur le banc de la cellule.

— Je pourrais le voir ? questionna-t-il.

— Je ne crois pas.

— C'est qui ?

— Fontanella, ton homme de maison.

Zarkane accusa le coup. Après un long silence pendant lequel il se prit la tête entre les mains, il demanda, la voix tremblante :

— Il a dit pourquoi ?

— Pas vraiment, répondit le commandant. Un coup de folie, un moment d'absence. Des raisons sexuelles, peut-être. Enfin, c'est ce qu'on suppose, nous. Parce que, lui, il se contente de dire sans arrêt : « C'est moi qui les ai tuées, je ne sais pas ce qui m'a pris… J'avais trop bu… » Et il pleure… Voilà, c'est tout. Désolé.

Quand Zarkane arriva dans la pièce d'accueil de la gendarmerie, Clovis était assis sur un banc, en larmes. Il se leva, alla vers lui et le serra de toutes ses forces. Il sanglotait :

— C'est de ma faute. C'est de ma faute. C'est moi qui l'ai fait venir… Pardon, pardon…

Zarkane le serra encore plus fort en lui caressant les cheveux.

— Mais non, Frangin, mais non… C'est la faute à personne.

Ils sortirent ensemble.

Au moment où ils allaient entrer dans leur voiture, Zarkane aperçut à une vingtaine de mètres l'inspecteur Moretti qui garait la sienne.

— Attends-moi deux secondes, je reviens, dit-il à Clovis.

Il traversa la rue et tapa à la vitre de Moretti qui, absorbé par son créneau, ne l'avait pas vu arriver. L'inspecteur sursauta et baissa à peine sa vitre.

— On vient aux nouvelles ? demanda Zarkane, agressif.

Moretti ne répondit pas.

— Eh oui, tu vois, c'était pas moi. Mais n'aie pas peur, je ne te ferai rien. Tu es déjà obligé de vivre avec toi-même, je crois qu'il n'y a pas pire comme châtiment. Ça te va comme sentence ?

Moretti se contenta de hocher la tête. Zarkane partit, puis, au milieu de la rue, revint sur ses pas. L'inspecteur était sorti de la voiture.

— Fais attention, fit Zarkane, c'est « avec sursis »… C'est pas impossible que je change d'avis.

Et il s'éloigna pour de bon.

Cinq minutes plus tard, la voiture qui transportait Zarkane et Frangin bifurqua vers la gauche à la sortie de La Valette, en direction des Fauvettes.

— Tu vas où ? demanda Clovis, affolé.

— On rentre à la maison, non ?

— Mais, mais… J'ai tout préparé à Toulon chez Gaëtan. On va quand même pas…

— Si, coupa Zarkane sèchement.

— Tu es fou ! Laisse passer un peu de temps.

— Pour quoi faire ? Le temps n'y changera rien, Frangin. C'est maintenant ou plus jamais.

« Revenir sur les lieux pour désacraliser l'endroit. »

De toute façon, tout était déjà tellement démesuré, tellement au-dessus de toutes les normes de la douleur ordinaire. Un poignard de plus ou de moins ! Zarkane était déjà transpercé cent fois de part en part.

— Ne t'en fais pas, tout a été nettoyé, murmura Clovis.

Et il se tassa dans son siège, comme s'il venait de dire une énormité. C'est vrai qu'en ces circonstances, la précision de ce détail, pourtant important, était presque indécente. Le visage de Zarkane était fermé. Presque plus beau que jamais, tant la souffrance ultime donne aux martyrs quelque chose d'irréel. De sublime.

Après s'être garés devant le perron des Fauvettes, Clovis préféra faire d'abord un tour dans le parc. Zarkane pénétra seul dans la maison. Il eut la sensation de revenir d'un long voyage. Comme s'il avait quitté les lieux le jour où Elizabeth y était entrée pour la première fois. Ce fut la poupée de Fanny, assise sagement sur le canapé, qui le poignarda le plus. Il se contenta de serrer les dents. De toute façon, il ne lui restait plus rien à pleurer.

Il demeura le reste de la journée allongé sur le lit. Il ne descendit même pas manger. Vers minuit, il alla dans la salle de bains et regarda longtemps son visage dans le miroir. Puis il prit des ciseaux et commença lentement à couper ses cheveux. Au fur et à mesure que les longues mèches blondes tombaient dans l'évier, se dessinait un autre homme. Ni Kéma, ni Zarkane… Bien plus.

Un peu plus tard, il descendit le grand escalier et sortit. La nuit était magnifique. La lune, pleine. Il prit l'allée jusqu'au puits à l'ange, et s'assit sur le petit banc de pierre. Benoît vint le rejoindre et se coucha à ses pieds. Il le caressa, puis commença à chanter à mi-voix : *« Une chanson douce que me chantait ma maman... »* La mélodie qu'il fredonnait à Fanny pour l'endormir.

Il avait décidé de se poignarder encore et encore pour dépasser le seuil de l'insupportable. Attaquer la douleur sur son terrain. Pour lui montrer tout de suite que ce n'était pas elle qui commandait. Il fallait gagner cette guerre-là. La plus sournoise de toutes. Parce que cette souffrance ennemie était sniper et terroriste à la fois. Elle essaierait de le « flinguer », en embuscade dans chaque lieu qui lui rappellerait Elizabeth et Fanny. Elle tenterait de l'asphyxier aux arômes, aux parfums qu'elles baladaient avec elles. Elle se ferait exploser près de lui à chaque brune gaie qu'il croiserait, à chaque petite fille espiègle que son regard caresserait.

« Il ne faut pas tenter de fuir les douleurs extrêmes. Elles n'hésitent jamais à tirer dans le dos. Il n'y a que de face qu'on peut les vaincre. Il faut les affronter debout. En avançant sur elles. Sans répit. En soldat. En héros. » *Pour faire son deuil*, page 234.

Deux étoiles filantes glissèrent dans le ciel au même moment. Une grande et une petite. Parallèles. Zarkane ne fit aucun vœu, mais une promesse. Et puis il se leva du petit banc de pierre et se dirigea vers la remise aux outils. Il en ouvrit la lourde porte, entra et s'allongea par terre. Il avait choisi d'y dormir cette nuit. Juste une nuit. En préventive.

Il venait de tout décider.

Il se sentait presque aussi coupable que Luigi… « Presque ». Parce que le soir des meurtres, il n'était pas là. Parce que le soir des meurtres, il avait tué, aussi. Parce que le sang entraîne le sang. Que la mort appelle la mort. Parce qu'elle est ainsi, la justice des dieux. Ou des diables, peu importe. Irréversible. Alors, il venait de faire une promesse aux étoiles. À Elizabeth et Fanny qui avaient filé, là-haut. Une promesse de guerrier :

LE JOUR OÙ LUIGI FONTANELLA SERAIT CONDAMNÉ, IL SE CONDAMNERAIT À LA MÊME PEINE !

L'arcane du Pendu, encore et toujours.

Il décida qu'il ferait de la remise aux outils une cellule et qu'il s'y enfermerait jusqu'au jour précis où l'assassin sortirait de la sienne.

POUR EXPIER SES PROPRES FAUTES.

De toute façon, la vie au-dehors n'avait plus aucun intérêt. Si Luigi mourait en prison, il y mourrait aussi. Mais, s'il y avait une seule chance qu'il en sorte un jour, il s'interdisait d'abandonner. Parce que ce jour-là, à égalité de peine, il lui ferait payer son meurtre abominable au prix fort.

Voilà la sentence que Zarkane se prononça, et promit aux étoiles filantes le 20 juillet 1986. Qu'il mit à exécution le 18 septembre 1988. Et qu'il acheva au matin du 7 août 2003, après quinze années d'enfermement volontaire.

Le Golgotha aux garrigues

Les Fauvettes. 7 août 2003. 10 h 15.

Clovis attend le signal.

Il est assis près du téléphone. C'est lui qui dans quelques instants va aller déverrouiller la cellule de Zarkane. Quand la sonnerie lui aura donné le top.

Clovis le petit gros. Clovis le Frangin…

Clovis le gardien.

Ce sera sa libération aussi. Pendant quinze ans, il a accompagné Zarkane dans sa plongée en apnée. De la « surface ». En le traitant, à sa demande, comme un vrai prisonnier. Lui apportant ses repas à heures fixes. L'enfermant à double tour après chaque visite. Respectant toutes ses consignes d'isolement total, pour qu'il ne faillisse pas à ce qu'il s'était promis : vivre les mêmes affres, affronter la même solitude que Luigi Fontanella. Et expier. En attendant la vengeance.

Cette abnégation servile fut aussi sa manière de s'autopunir d'avoir fait entrer « le loup dans la bergerie ».

Dès le lendemain de sa promesse aux étoiles, Zarkane lui avait annoncé son projet en lui demandant de l'aider substantiellement :

— Le procès n'aura pas lieu avant un an ou deux. En attendant, je vivrai normalement, ici, dans la maison. J'aurai tout mon temps pour me préparer. Et, quelle que soit la sentence, dès le lendemain du verdict, la remise aux outils deviendra ma cellule. C'est toi qui vas t'occuper de l'aménager. Je ne veux la découvrir qu'en y entrant. Comme lui. Je la veux comme une vraie. Tu mettras des barreaux à la petite fenêtre et tu y installeras le vieux lit rouillé qui est au grenier. Je veux le strict minimum. Mon seul régime de faveur, contrairement à une vraie prison, sera que je ne croiserai personne. Une fois par semaine, tu m'apporteras de quoi manger. J'en profiterai pour sortir. Le terre-plein de derrière me servira de cour de promenade. Et, en partant, tu fermeras la cellule à clé et tu barricaderas la propriété en cadenassant le portail.

— Hors de question, avait répondu Clovis. Dans une vraie prison, il y a un gardien jour et nuit. Alors, le gardien, ça sera moi. Et je serai là vingt-quatre heures sur vingt-quatre.

— Hors de question aussi, répliqua Zarkane.

— Ça, tu ne pourras pas m'en empêcher.

Zarkane chercha un argument.

— Et Gaëtan ? demanda-t-il, après avoir réfléchi quelques secondes.

— Je vais rompre, répondit Clovis, comme si c'était une évidence.

Puis, il réfléchit à son tour, et dit avec un petit sourire :

— Une femme met entre une et deux secondes pour trouver un prétexte, alors, deux ans, c'est largement suffisant pour moi.

Il redevint grave et reprit :

— Il est hors de question de mettre qui que ce soit dans le secret. Personne ne doit savoir que tu t'es enfermé. Si on a de la visite, je dirai que tu es parti à l'étranger.

— Tu ne vas quand même pas gâcher ta vie pour…

Clovis le coupa brutalement :

— Mais c'est ça, ma vie. Et j'en suis fier. Tu peux même pas imaginer à quel point. Parce qu'entre nous, dis-moi : à quoi il est bon, le petit gros, depuis trente-cinq ans ? À faire pousser des fleurs comme tant d'autres ? À faire à manger comme tant d'autres ? À se faire mettre comme quelques-uns ? Cette mission unique, il n'y a que lui qui peut la remplir parfaitement. Et je laisserais passer ça ?

Zarkane était un peu abasourdi par la lucidité et le langage de Clovis. Il le fut encore plus après le monologue qui suivit.

— C'est vrai, depuis que je suis tout petit, je ne suis pas très futé. Primaire, comme ils disent. Je te rassure, je ne suis pas devenu intelligent d'un coup. Mais Gaëtan m'a appris à me connaître, à accepter mes limites et à en tirer le meilleur parti. Je suis sûrement un gentil con, comme il dit, mais je le sais et je fais avec. Je comprends pas les mathématiques et j'ai jamais lu plus de cinq pages d'un livre parce que ça m'emmerde. Mais j'aime le foot et j'ai tous les disques de Dalida. C'est comme ça, j'y peux rien, et surtout, ça me va très bien. Et puis, dans ma putain de vie, j'aurai pas souvent l'occasion de briller. Et t'accompagner dans ce truc, que j'ai du mal à comprendre, même si je vois à peu près où tu veux en venir, ça me plaît. Je pige pas bien tes raisons pour faire une folie pareille, mais je veux bien te suivre. Moi, à ta place, j'aurais fait dézinguer ce fumier en taule. Tu sais très bien qu'avec tes anciens amis, en deux jours, ça serait fait. Et puis, je serais parti loin de tout ça pour essayer d'oublier, même si je sais bien que ça se peut pas. Tu m'as parlé de culpabilité et tout le bazar. Mais ça, c'est dans ta tête, et je sais que c'est pas aussi simple que dans la mienne, alors je respecte. Je respecte et je reste avec toi.

Zarkane, à la fin de cette longue tirade, était resté bouche bée. Et puis après quelques secondes, il avait dit :

— D'accord, ça marche.

Clovis avait souri, l'avait embrassé et avait ajouté :

— Et pour le secret, compte sur moi. Qu'est-ce que tu crois ? Que je le sais pas que ma mère ne s'est pas noyée mais qu'elle s'est barrée avec un toubib bourré aux as ? Ça parle les gosses à l'école ! Et moi, je l'ai jamais dit à personne. Alors, tu peux me faire confiance, non ?

Zarkane, de plus en plus stupéfait, avait approuvé en hochant la tête. Et Clovis avait terminé en caïd :

— Et puis question « technique », il y a aussi beaucoup de pédés dans les prisons. On a nos réseaux, nous aussi. Alors, Fontanella, d'abord, il va faire la « poupée » pour toute la taule. Et crois-moi, autant c'est sympa à deux ou trois, autant à partir de cent, c'est plus chaud que l'enfer. Et deuxièmement, je saurai, à la minute près, où il en est. Et quand il sortira, même dans trente ans s'il le faut, on ira le cueillir ensemble.

Il est dix heures vingt, et le téléphone n'a toujours pas sonné. Le coup de fil viendra de Lannemezan, dans le Sud-Ouest. La prison pour longues peines où Luigi a été transféré des Baumettes, après sa tentative de suicide. Quand la poupée a craqué. Après avoir résisté bien au-delà de ce qu'un être humain peut supporter.

Une équipe du Catalan, qui règne depuis dix ans en maître absolu sur la côte, l'attend à la sortie. Dès qu'il passera la porte, un des hommes téléphonera aux Fauvettes. Il ne saura pas pourquoi, mais ce sont les ordres. Alors, il le fera. C'est à ce moment-là que Clovis ira libérer Zarkane. Pas avant… Pour le symbole.

Il a été convenu que l'équipe ne laissera pas le temps au « libéré » de profiter de l'air pur. Ligoté, bâillonné et enfermé dans un coffre de voiture, ils le ramèneront à Toulon. Et c'est le Catalan lui-même qui le livrera aux Fauvettes, au plus tard dans la nuit.

Une dette de dix-sept ans.

— Tu lui dois bien ça, avait dit Clovis au Catalan, quand il était allé le solliciter dès que la libération de Luigi avait été officielle. Zarkane m'a tout raconté pour la mort du Che. Il assume tout. Il aurait pu refuser.

Ce soir-là, on ne l'a pas forcé à y aller. Mais, si tu n'étais pas venu le chercher…

— Il est au courant ? avait demandé le Catalan.

— Oui… Et je te répète qu'il n'en veut qu'à lui-même, et que la seule chose qui l'intéresse, c'est Luigi dès sa sortie. Il pense que tu es le mieux organisé pour ça.

— Et pourquoi il n'y va pas lui-même ?

— Empêchement provisoire, répondit Clovis, mystérieux.

— Alors, c'est d'accord, fit le Catalan. Pour lui et pour Fernand… *In memoriam*.

C'est donc Clovis qui a tout organisé, en vrai « taulier ». En quinze ans de « garde », plus il a vu Zarkane résister à l'insupportable, plus il s'est endurci. Il a planifié la dernière vengeance de Zarkane comme il avait réglé, selon ses désirs, chaque heure des quinze ans de son enfermement volontaire. Il n'avait dérogé à ses ordres que deux fois : d'abord quand Laura était venue aux Fauvettes, ignorant tout de la punition que l'amour de sa vie était en train de s'infliger. Il n'avait pas pu lui mentir un Zarkane en voyage. Il avait vu dans ses yeux une lueur d'amour absolu. Il y avait vu aussi « l'après » de Zarkane. Parce qu'une fois la vengeance accomplie, il faudrait bien qu'il tente de réapprendre à vivre. Clovis avait senti, à ce moment-là, que Laura seule pourrait lui tenir la main. À l'instinct. Féminin, sans doute. Et après que Zarkane eut accepté de rompre sa solitude, il avait organisé les « parloirs », dans la petite salle, à côté de la cuisine.

Il avait désobéi à Zarkane une deuxième fois. Ou

plutôt des centaines de fois : il n'avait détruit aucune toile. Elles sont toutes entassées dans un hangar de fortune à l'autre bout de la propriété.

Il est dix heures trente-cinq, et enfin le téléphone sonne. Clovis décroche.

— Merci, dit-il simplement en raccrochant à peine quelques secondes plus tard.

Zarkane est assis sur le bord du lit. Le bruit de la clé dans la porte accélère le rythme des battements de son cœur. Et la lumière jaillit : la surface.

Il se lève et sort avec une infinie lenteur sans regarder derrière lui. Il échange un long regard avec Clovis, fait quelques pas, et se retourne vers la remise. Pendant de longues minutes, il va rester immobile, fixant la cellule. Dans sa tête, les images se bousculent. Se chevauchent. La fresque, les tableaux, les tarentes, l'oiseau sur le bord de la fenêtre, la fresque encore, l'évier ébréché, le mur de gauche, celui de droite, « COUPABL » sur la porte, la fresque… Et des détails presque invisibles à l'œil nu : la petite fissure du mur de droite, la dent légèrement tordue de sa fourchette, les minuscules taches blanches sur le bois de la table. Quatorze exactement.

Puis il sort de cette photo-mémoire et se remet en marche pour remonter, toujours à pas lents, la petite sente qui mène à la maison. Il est encore en cellule. Pas tout à fait libre. Puisque, lorsqu'il allait rejoindre Laura au parloir, il empruntait ce chemin-là. La véritable porte de sortie est devant le perron. Au moment précis où, au lieu d'entrer dans la maison, il se dirigera vers la grande allée. C'est là que la liberté commencera vraiment.

Ça y est ! Il est dehors.

Il avance jusqu'au portail d'entrée, et va s'asseoir en tailleur, à l'endroit où était Elizabeth le jour où elle lui avait annoncé qu'elle attendait Fanny. Il se sent léger. Tout autour de lui, une apesanteur. La sensation d'être un oiseau. La caresse ouatée du vent léger. Le soleil qui le mord. Et surtout les parfums. Il ferme les yeux et ouvre grande la bouche pour avaler les odeurs de lavande et de sève.

Zarkane a gagné. Il a tenu la partie la plus difficile de sa promesse aux étoiles. Après l'expiation, il ne lui reste plus qu'à achever sa vengeance. Il ouvre les yeux et son regard se pose sur le petit sentier en face de lui. Celui qu'il a pris chaque jour pendant les deux ans qui ont précédé son enfermement. Le chemin de croix. Celui qui l'a préparé aux années d'apnée. Son parcours du combattant, où il a tant saigné. Tant hurlé. Seul dans la garrigue.

Une semaine après sa promesse, il avait commencé sa « préparation ». En attendant le procès, il avait décidé de passer ses deux ans de préventive à lui en souffrance extrême. Physiquement. Aller aux limites de la douleur, pour mieux supporter l'incarcération future. Il s'était dit que plus il blesserait son corps, plus il adoucirait les années à venir. Plus il ferait subir à sa peau l'insupportable, plus l'inactivité et la douceur relatives de la cellule seraient faciles à gérer.

Entraîner sa volonté à supporter les brûlures, les muscles explosés, l'épiderme entaillé, tout son être épuisé. Pour vivre, presque comme dans un cocon, l'ennui sans blessure de l'enfermement. Tordre tout son être en l'éclatant de douleurs vives, de saignements pour que l'après ressemble à une douce convalescence. La flagellation en traitement préventif. Comme ces sportifs qui s'entraînent, surchargés de poids lourds, et auxquels il pousse des ailes quand ils s'en débarrassent.

Ainsi, chaque matin, il avait pris le chemin pentu des garrigues. Pieds nus. Habillé seulement d'un pantalon et d'une chemise légère. Quelles que soient les conditions : pluie, soleil ou vent. Christique. Une énorme pierre ou un tronc d'olivier en guise de croix. Son Golgotha. Jusqu'à l'épuisement. En gagnant des dizaines de mètres à chaque fois. S'enfonçant un peu plus loin dans le maquis. Un peu plus loin dans la douleur. Une autoflagellation parfois véritable, quand il se fouettait jusqu'au sang avec des branches d'arbres épineux. Ou quand, brusquement, il se jetait dans un roncier.

Quiconque le croisant l'aurait pris pour un fou.

C'était tout sauf ça. Il avait lu et relu, dans la vieille bibliothèque, les punitions, les scarifications, les braises sous les pieds nus que s'imposaient certains moines orientaux. Pour la paix de l'âme. Pour magnifier la force en eux. Ainsi, en deux ans de hurlements, de larmes et de sang, son corps se tatoua de dizaines de cicatrices. Des dizaines de boucliers pour l'enfer à venir. Des dizaines de garde-fous.

Et ce fut en homme fort, calme, indestructible, que, le 7 septembre 1988, il prit place, comme témoin, dans la grande salle du tribunal de cour d'assises de Draguignan.

Ce fut un procès assez peu médiatisé, si ce n'est dans un petit Sud-Est. Les télévisions et les quotidiens nationaux, si prompts à se jeter sur les faits divers sanglants, avaient leurs caméras et leurs plumes ailleurs. Une actualité politique et « people » chargée avait renvoyé l'affaire aux seules colonnes des journaux locaux. C'est le lot des détresses ordinaires, dont l'écho ne résonne qu'au bon gré des rédacteurs en manque. Pourquoi tel procès défraie-t-il la chronique, pendant que tel autre se contente d'un battage de préfecture ? C'est un des grands mystères de l'information. Les limites de la conscience des marchands d'opinion. Fabriquant à leur guise des bourreaux et des martyrs de papier glacé. Avec une seule cohérence : le nombre d'exemplaires vendus ou de téléspectateurs présents. On a les déontologies qu'on peut !

Zarkane n'était pas fâché de la quasi-confidentialité de son malheur. Il avait longtemps redouté que les dérives du passé attirent les « chacals » en quête de cadavres à ronger. Et qu'une exposition trop grande nuise à l'impartialité des débats. Que des jurés influençables minimisent son chagrin au regard des erreurs passées. Et de fait accordent à l'assassin une indulgence de compensation. On ne juge jamais en âme et conscience, même si on s'en persuade. On ne juge qu'en impressions. À partir d'un ressenti primaire où l'âme n'est que ce que nos valeurs propres en font, et la conscience un magma d'informations reçues et modulables à l'envi.

Luigi entra dans le box la tête basse. Zarkane fut surpris de ne sentir monter en lui aucune bouffée de haine. Juste un immense dégoût pour cette grande silhouette amaigrie, presque cadavérique. C'est tout juste si lui, le premier concerné, n'était pas le moins visiblement revanchard des personnes assistant à l'audience, toutes définitivement conditionnées par les unes de presse qui surnommaient, depuis le début de l'affaire, l'assassin *Il Monstro*. L'indéfectible sale pouvoir de la justice de papier qui renvoie les présomptions d'innocence aux remords d'après.

À aucun moment, le premier jour, l'accusé n'eut un regard pour le public présent. Même pas pour sa femme, et deux seulement de ses huit enfants. Les autres ayant eu trop honte pour assister à l'audience.

Au premier rang, les parents d'Elizabeth étaient collés l'un à l'autre, la mine défaite. La salle était pleine de visages inconnus. Des spectateurs de corrida, espérant tous en secret la fin du *toro*. Enfin, sa réclusion éternelle, puisque la mise à mort avait été abolie quelques années plus tôt. Mais on sentait bien que ces aficionados-là le regrettaient amèrement.

Quand l'avocat de la défense lança qu'il espérait des circonstances atténuantes, la salle bruissa de murmures de réprobation. Maître Lepetit se servit de cette manifestation offusquée pour appuyer son argumentation.

— C'est l'exemple même de ce que vous ne devez pas faire, mesdames et messieurs les jurés : juger avant le procès. Si vous devez réagir ainsi, ce n'est même pas la peine de poursuivre ces débats. On décide tout de suite que mon client est condamné à la perpétuité et vous pouvez rentrer chez vous la conscience en paix. Mais ça, c'est une justice de dictature, de république bananière, de sauvages. Alors, moi, je préfère vous faire confiance, parce que je sais que vous êtes civilisés.

Une vieille ficelle parfaitement rodée et efficace à tous les coups : culpabiliser le jury et finir en le flattant. Peupler l'imaginaire de verdicts rendus par des tribus sous des baobabs, pour conforter la vanité de chacun. Démagogie de prétoire banale mais redoutable.

Maître Lepetit était un très bon avocat. Il était à peu près aussi âgé que maître de Métral, l'avocat général. Un peu plus de soixante ans. Mais autant ce dernier était le symbole d'une justice enrobée et poussive, autant maître Lepetit était étonnamment vif pour son âge. Il était rompu à toutes les situations. En trente ans d'audiences, il avait vécu le meilleur et le pire. Il avait dû abandonner certains à la perpétuité. Une fois même, en 1958, il n'avait pu éviter la peine de mort. Il en avait sauvé bien plus. Parfois miraculeusement, d'autres fois à la seule force de son verbe haut, pertinent et exceptionnellement sonore. Un ténor, dans les deux sens du terme.

C'est lui qui s'était proposé pour plaider la cause du jardinier assassin. Pas pour l'argent. Pour le combat. Même pas celui de la justice. Le sien. Un défi de fin de règne. Une dernière bravade. Un dernier round. Il prendrait sa retraite juste après. Pour finir en beauté, comme il le confiait à ses amis en privé. Sans se soucier de l'indécence d'une expression aussi triomphale pour un crime aussi sordide.

C'était le pire qui pouvait arriver à Zarkane. Il le comprit lorsque maître Lepetit intervint pour la première fois. Il balaya la salle du regard et s'arrêta sur lui, puis pointa son doigt en disant :

— Messieurs et mesdames les jurés, je vous demande de garder, bien ancré en vous, tout au long de ce procès, le fait essentiel que, si cet homme que je vous désigne n'avait pas eu un passé de voyou, mon client ne serait pas dans le box aujourd'hui.

Maître de Métral bondit :

— Mais qu'est-ce que c'est que ces procédés ? Qui jugeons-nous ?

— Monsieur ne s'est jamais fait prendre, mais tout le monde sait, répliqua aussitôt maître Lepetit.

— C'est honteux, ça n'a aucun rapport.

— J'y viendrai, maître, j'y viendrai.

— C'est un scandale, une insulte à la mémoire des victimes, une insulte au chagrin de cet homme qui…

— Vous verrez que l'insulte est pour mon client…

— Monsieur le prési…

— Laissez-moi parler !…

L'échange fut vif. Tonitruant. Ils finirent par parler l'un sur l'autre, l'avocat général étant obligé de hurler pour couvrir la voix surpuissante de maître Lepetit. Et le public commença à s'en mêler. Le président ramena l'ordre en quelques coups de marteau.

— Je vous en prie !… Silence !… S'il vous plaît !

Le silence revint, et le président prit la parole sur un ton autoritaire :

— Il est hors de question que les débats s'engagent de telle sorte. Je vous rappelle, messieurs les avocats, à la plus élémentaire pudeur, ainsi qu'à votre sens de la justice, qui doit être rendue hors des passions. Cette affaire est déjà suffisamment brûlante pour que vous n'y rajoutiez pas une violence verbale incongrue et dangereuse pour la sérénité du verdict. Quant à vous, maître Lepetit, ce n'est pas l'heure du réquisitoire.

Tout le monde se calma, mais le ton était donné. Il y aurait deux accusés : Luigi pour son crime, Zarkane pour son passé.

Lorsque Luigi se leva pour exposer sa version des faits, Zarkane comprit, dès les premiers mots, que ce serait un procès de dupes. Jusqu'à l'audience, l'assassin n'avait donné aucune précision sur les circonstances du drame. Que ce soit devant les enquêteurs ou le juge d'instruction, il s'était borné à dire qu'il avait trop bu et qu'il avait perdu la tête. Là, il raconta les faits dans les moindres détails. Zarkane sentit immédiatement qu'il récitait plus qu'il ne relatait. Maître Lepetit l'avait certainement totalement guidé pour que ses aveux le « victimisent » à son tour. D'une voix faible, hachée par de nombreux silences, il parla pendant près de vingt minutes pour expliquer ceci :

Ce soir-là, après être parti juste après Zarkane, il était rentré chez lui. Il avait bien arrosé son repas. C'était l'anniversaire de son second fils, Nino. Celui qui travaillait comme livreur chez le plus grand fleuriste toulonnais. Vers neuf heures et demie, le téléphone avait sonné.

— Allô Luigi ? C'est Elizabeth. Je m'excuse de vous déranger à cette heure, mais vous m'aviez promis d'enlever la vieille commode dans la chambre d'en bas, et je viens de m'apercevoir qu'elle y est encore. Pensez-y au plus tôt demain, on doit me livrer la nouvelle.

— Je peux même venir tout de suite si vous voulez, proposa Luigi. Ça tombe bien, j'ai la camionnette de mon fils.

— Mais je ne veux pas vous déranger, s'excusa Elizabeth.

— Pas du tout, dit Luigi, on vient juste de finir de fêter son anniversaire.

— Alors, restez en famille.

— Mais non, insista Luigi, je vous jure que ça me fait plaisir.

— Bien… Alors, je vous prépare du café pour la peine, à tout de suite.

Un quart d'heure plus tard, Luigi frappait à la porte. Elizabeth vint lui ouvrir, Fanny dans les bras. Avant qu'il s'occupe de la commode, elle lui proposa de boire le café qu'elle avait préparé dans le petit salon près de l'entrée. Ils s'assirent face à face sur les canapés. Fanny jouait sur le plancher.

— En fait, avoua Elizabeth, ça ne pressait pas tant que ça pour la commode. Je voulais vous voir tôt demain parce que quelque chose m'ennuie, et, tant que je ne l'aurai pas tiré au clair, je ne serai pas tranquille… Voilà… Vous n'avez pas vu mon collier avec les diamants ?

— Non, madame, répondit Luigi.

— Écoutez, Luigi, fit-elle d'un ton plus sec, il n'a pas pu disparaître. Je vais être plus claire : à part vous, je ne vois pas qui aurait pu le prendre. Alors, comme je suis sûre que c'est le cas, je vous demande juste de me le rendre. C'est un cadeau de famille et j'y tiens énormément. Si vous avez besoin d'argent, je vous en prêterai.

Luigi fut tellement choqué qu'en posant sa tasse, il la fit tomber.

— Mais madame… C'est pas moi… Je vous jure, balbutia-t-il.

Elizabeth dut prendre sa maladresse pour un aveu. Son tremblement pour de la culpabilité. Elle se dressa d'un bond, en le menaçant sur un ton qu'il ne lui avait jamais connu.

— Bien... Puisque vous le prenez comme ça, je vais appeler mon mari. Il va régler ça d'une autre manière. Je vous promets que si vous n'avouez pas, vous allez le sentir passer. Il a l'habitude. Vous savez, ça ne s'oublie pas ces choses-là. Au besoin, il s'en prendra à votre famille.

Elle fit un pas vers le téléphone et Luigi bondit en criant :

— Non, ne faites pas ça !... Ne faites pas ça !

Il était hors de lui. La peur. L'injustice. L'alcool. Tout ça fit un cocktail qui le rendit fou. Il attrapa Elizabeth violemment par les cheveux pour la retenir. Elle hurla. Fanny se mit à hurler aussi en se précipitant dans les jambes de sa mère.

La folie de Luigi se multiplia encore. Il savait qu'il était en train de tout perdre. Son travail, sa deuxième famille, et surtout Fanny, terrorisée, qui criait et pleurait en s'accrochant de toutes ses forces à sa mère. Elizabeth tenta de le frapper.

Ils luttèrent debout un instant et basculèrent sur un guéridon entre les canapés. Il y eut deux hurlements plus forts. Sous le choc, la cafetière bouillante s'était renversée sur le visage de Fanny. Elizabeth était en transe. Elle serrait sa petite fille contre elle. Et les deux poussaient des cris inhumains.

Luigi était totalement paniqué. Il gesticulait en disant des mots sans suite en italien. Soudain, il partit en courant et sortit de la maison. Il se précipita vers la camionnette, puis s'arrêta net et revint sur ses pas. Dans la panique, il avait eu un éclair de lucidité. « Les aider… S'occuper tout de suite de Fanny, vite !… »

Elizabeth était dans l'entrée au pied de l'escalier. Sans doute s'apprêtait-elle à aller chercher la trousse de premiers soins au premier. Quand elle vit Luigi entrer, elle se remit à hurler, à nouveau en transe.

Luigi s'approcha prudemment.

— Je vais vous aider, dit-il en tremblant.

— Noooon ! cria-t-elle de toutes ses forces… Partez !… Vous avez défiguré ma petite !… Zarkane va tous vous tuer !… Tous !… Tous !…

Et elle hurla de plus belle.

Luigi à son tour se mit à crier :

— J'ai rien fait !… J'ai rien fait !

Et là, tout alla très vite.

Avec des cris, de la violence et du sang. Comme dans un mauvais film d'épouvante.

Il se précipita sur elle en bousculant, dans le mouvement, le guéridon de l'entrée. Le gros vase blanc tomba et explosa au sol. Fanny serrée contre sa poitrine, Elizabeth tenta de fuir par l'escalier. Luigi la plaqua de justesse et, dans la chute, elle lâcha Fanny dont le visage alla s'écraser au sol sur les débris du vase. Encore des hurlements. La petite fille ne bougeait plus et de grosses gouttes rouges maculaient le sol. La vue du sang rendit Luigi définitivement fou. Elizabeth récupéra Fanny par un bras et rampa dans l'escalier. Et là Luigi se mit à la frapper à coups de pied et de poing, en continuant à hurler :

— J'ai rien volé ! J'ai rien volé !

Cela ne dura que quelques secondes. La rage avait décuplé ses forces déjà colossales. Il s'arrêta de cogner d'un coup. Elizabeth et Fanny ne bougeaient plus. Démantibulées au pied de l'escalier.

Il se laissa tomber au sol et éclata en larmes en balbutiant :

— *Porca miseria*… Qu'est-ce que j'ai fait ?… Qu'est-ce que j'ai fait ?

Toute la salle de la cour d'assises de Draguignan avait retenu son souffle pendant que Luigi avait récité l'horreur en détail. Il termina par ces mots :

— Quand j'ai appris, le lendemain soir, qu'on soupçonnait monsieur Zarkane du meurtre, j'ai passé une deuxième nuit sans dormir et au matin je suis allé me livrer. Pour qu'il n'y ait pas une injustice de plus.

La chute était parfaite. Le reste aussi. D'assassin abominable, il devenait un brave homme devenu criminel, parce que poussé à bout par une accusation de vol injustifiée, et des menaces de mort sur sa famille. Les blessures de la petite fille étaient accidentelles, et surtout, sans la crainte d'un Zarkane au passé effrayant, il n'aurait pas eu cette folie meurtrière.

Maître Lepetit lui donna une tape amicale quand il se rassit. Un geste de compassion pour le public. En fait, une marque de félicitation.

Zarkane était impassible. Il savait que tout ça était faux. Ça ne pouvait pas s'être passé comme ça. La réaction d'Elizabeth était inimaginable. Totalement impossible. Jamais elle n'aurait accusé quelqu'un sans preuve. Jamais elle n'aurait fait allusion à son passé. Jamais elle n'aurait menacé la famille de Luigi. C'était un abominable mensonge. Cette fois, ce n'était plus du dégoût qu'éprouvait Zarkane, c'était de la haine. Une haine profonde. Incoercible. Une haine absolument intacte quinze ans plus tard, en cette nuit du 7 au 8 août 2003.

Au moment où la voiture du Catalan pénètre dans l'allée des Fauvettes pour lui livrer Luigi.

Se il figlio è storto...

Les Fauvettes. 8 août 2003. 1 h 15.

Le Catalan coupe le moteur et descend de la grosse Mercedes. Il va donner une accolade muette à Zarkane, debout dans la lumière des phares. Puis, toujours sans un mot, il se dirige vers l'arrière de la voiture. Il ouvre le coffre et en sort le corps de Luigi qu'il jette au sol comme un vulgaire paquet. Les yeux sont bandés et les mains attachées dans le dos.

Il referme le coffre et revient vers Zarkane qui n'a pas bougé. Il sort de sa poche un rasoir et le tend à Zarkane. Les deux hommes échangent un long regard et Zarkane lève ses deux mains devant lui, les doigts écartés, en disant à voix basse :

— J'ai ce qu'il faut, merci.

Le Catalan remet le rasoir dans sa poche, remonte sans un mot dans sa voiture et démarre.

Luigi gémit comme un animal blessé. Zarkane s'avance vers lui. Il contemple un instant la forme incertaine. Pitoyable. À peine humaine. Il se penche, le prend dans ses bras et le soulève. Au loin, les feux rouges de la Mercedes disparaissent en passant le portail. Zarkane porte Luigi. Il marche lentement.

Sous la clarté de la lune, un homme et son fardeau. Une image de fin de film. La musique des cigales. Le générique pourrait défiler. Mais ce n'est pas encore tout à fait fini. Et les images du procès reviennent. Elles accompagneront Zarkane jusqu'à la cellule, en flash-back intermittents.

Joséphine témoigne à la barre.

Zarkane, Luigi dans les bras, commence à suivre la petite sente qui mène à la remise.

L'avocat général a un malaise.

Zarkane tourne après le plus vieil olivier du parc.

L'avocat général va mieux.

Zarkane passe sous le portique où il faisait ses exercices… Et Fanny de la balançoire… Avant.

Maître Lepetit plaide. Il est particulièrement brillant.

Zarkane arrive à la porte de la remise. Il entre.

Les jurés délibèrent.

Zarkane dépose Luigi sur le lit de la cellule.

Le verdict. Vingt-deux ans seulement. Le public gronde.

Zarkane enlève le bandeau des yeux de Luigi.

L'ampoule de la cellule diffuse une lumière faible, mais les deux regards se croisent comme en plein jour. Intenses. Brûlants. De la détresse à la haine. De la victoire à l'épuisement. L'un accablé et résigné, l'autre implacable et déterminé. Zarkane est debout, Luigi assis sur le bord du lit. C'est un vieillard. Tordu. D'une maigreur effrayante. Zarkane fixe ce reste d'homme sans compassion. Sans fierté non plus. Presque déçu de se retrouver en face d'un être tant affaibli. Pendant toutes les années où il avait rêvé à sa vengeance, il avait imaginé un face-à-face avec le Luigi d'avant. Solide. Noueux. Dégageant une impression de force calme. Il avait oublié l'œuvre du temps. Les mains, autrefois impressionnantes, pendent, fines et insignifiantes. Les épaules saillantes tiennent la chemise en portemanteau. La lèvre est flasque, le teint gris. Les cheveux blancs sont épars, le cou décharné.

L'instant dure. Pesant. Violent. De longues, très longues minutes. Sans un mot. Et juste le bruit de leur souffle. C'est la voix faible de Luigi qui rompt le silence.

— Tu vas me tuer, c'est ça ? articule Luigi avec peine, d'une voix blanche.

— Oui, répond Zarkane, mais ce sera long, très long. Du moins, je l'espère.

Luigi baisse la tête. Zarkane lève les yeux vers la fresque. Tous les acteurs du drame sont enfin réunis. Le dernier acte va pouvoir commencer.

— Tu as menti au procès, dit Zarkane. C'est quoi la vérité ?

Luigi réunit ses doigts avec peine, comme pour prier. Il relève la tête et murmure :

— C'était la vérité.

— Non, Luigi, fait Zarkane en secouant la tête… Non… Mais tu vas avoir tout le temps de me la dire.

Il marque une pause et reprend :

— Tu vois, ici, c'est *ma* cellule… *Ma* cellule pour *ma* justice. La perpétuité que les jurés t'ont épargnée, moi je t'y condamne. Tu la feras ici. Chez moi. Et que je sache la vérité ou pas, tu y crèveras de toute façon comme un chien. Tu seras bien nourri, pour que ça dure. Je te promets que chaque jour je viendrai te voir mourir un peu. Ça fait quinze ans que je rêve de ça. Alors crève, ordure, crève… Mais prends ton temps.

Et Zarkane se lève et sort.

Il passera cette première nuit sans dormir, les yeux grands ouverts fixés au plafond de sa chambre. Sans fresque. Avec une sensation de satisfaction et de frustration mêlées. Comme si Luigi lui avait encore volé quelque chose. Une part de son monde intime. *Sa* cellule. *Ses* tarentes. *Ses* odeurs. Les vengeances ont rarement le goût qu'on leur suppose. Celui-là est aigre-doux. Mais bien plus aigre que doux. Presque écœurant. Un plat qui se mange froid ? Trop, peut-être.

Pendant la première semaine, Clovis apportera chaque jour la nourriture au « prisonnier ». Zarkane ne tiendra pas sa promesse. Il n'ira pas le voir mourir. Le fait de le savoir là lui suffit. Et puis, il est épuisé. Le contrecoup. Une dépression annoncée. Le long combat contre lui-même, le but suprême atteint. Tout ça l'a exténué. Il est habité par une immense sensation de vide. Pour la première fois de sa vie, il passe des journées « blanches ». Sans aucune activité et surtout aucun projet. Aucune lutte intérieure. Déconnecté de tout. Du présent, du passé et de l'avenir. Il se contente de laisser filer le temps. L'âme sèche. Il va de temps en temps s'asseoir dans le fauteuil du salon devant l'écran vide de la nouvelle télévision qu'a achetée Clovis. Un écran nouvelle génération. Plat. Il ne parle pas à Papa Charly. La photo n'y est plus. La symbolique des temps modernes : on ne peut plus rien poser sur la télévision.

Des pas sur le gravier viennent le sortir de sa torpeur au milieu de l'après-midi du 15 août. Allongé sur son lit, la fenêtre ouverte, il tend l'oreille à ce bruissement inconnu. Un pas léger. Sûrement pas celui de Clovis. Il imagine un instant Luigi s'enfuyant. Mais non. Impossible. Et puis le bruit s'approche.

C'est Laura.

Lorsqu'il lui ouvre la porte, il n'y a pas ce long moment d'immobilité, les yeux dans les yeux, comme ceux qui avaient marqué chacune de leurs rencontres au parloir. Elle se jette tout de suite dans ses bras et le serre de toutes ses forces.

Laora *la strada*. Laura la guerrière. Obstinée. Passionnément amoureuse. Soumise bien au-delà d'elle-même. Tutoyant l'absolu. De pardon en patience. Encore et toujours là, au bout de longs mois de plus, lierre grimpant accroché à son amour. Zarkane sa pierre. Son mur. Malgré les vents, les pluies. Indéracinable et offerte toute. Sans jugement ni rancune. Elle est là, c'est tout. Et où qu'il aille, elle a décidé qu'elle y serait. Toute proche ou pas très loin. Mais là. Dans son sillage. Elle l'aime. Éperdument. Pour ce qu'il est, et pour ce qu'il n'est pas. À cœur ouvert. Sans condition.

Gros plans : son regard vers elle. Son regard vers lui.

Plan large : les deux silhouettes enlacées sur le perron.

Fondu enchaîné : ils sont assis sur le petit banc, face à l'ange du puits. Depuis une heure, ils parlent de tout. Parfois de rien. Du soleil. D'eux. De Matteo. Des fleurs. Du prisonnier. Et soudain Laura ose :

— Il faudrait partir d'ici, Zarkane.

Il la regarde en souriant, replace une mèche de ses cheveux qu'un souffle de vent avait fait glisser sur ses grands yeux tristes.

— Je ne peux pas. Tu sais bien. Je dois tout achever. Je ne pourrai commencer à survivre qu'après lui.

— Ça sert à quoi, tout ça ? dit-elle en appuyant son regard. Tu sais, je n'ai jamais voulu te décourager dans ta vengeance, mais aujourd'hui que tu as réussi ce que tu t'étais promis, je peux te parler. Arrête tout ça, Zarkane. Tu as expié, c'est bien. Il le fallait. Mais je t'en supplie, laisse repartir cet homme.

Il la fixe durement, et, au moment où il va parler, elle lui met doucement un doigt sur les lèvres en murmurant :

— C'est ta vie que tu continues à détruire. La sienne est déjà finie depuis longtemps. Arrête tout ça, et partons ailleurs. En Italie, si tu veux. À Bologne, il y a une galerie d'art qu'une amie est prête à me vendre. Je t'attends depuis si longtemps, Zarkane. Matteo t'attend. Je ne demande qu'à rester avec toi, te réapprendre à vivre. Nous avons encore tant de bonheurs devant nous. Je veux bien te partager avec les fantômes de tes deux étoiles, mais pas avec cette vengeance insupportable. Regarde-moi… Je sais que toi aussi, tu en as assez de tout ça.

Il a un regard perdu et baisse la tête.

— C'est vrai que je suis fatigué, avoue-t-il. Mais j'ai fait une promesse. C'est mon chemin. Il est ainsi. Il a toujours été ainsi. Il faut que j'aille au bout…

Et d'une voix tremblante, presque celle d'un enfant, il ajoute :

— C'est pas moi qui ai commencé.

Laura se lève et se place en face de lui.

— Alors tiens ta promesse, dit-elle. Mais autrement. Tue-le ! Et on s'en va.

Elle fait un pas vers le puits, caresse l'ange et dit avant de s'éloigner :

— Tu es le diable, Zarkane… Le diable. Même si tu m'as fait un ange. Mais je t'aime plus que tout.

Le soir même, vers minuit, Zarkane est revenu s'asseoir sur le petit banc de pierre. Les yeux au ciel, il surveille les étoiles. Pas une ne bouge. L'air est chaud. Il tremble. Un frisson de fatigue. Il n'a pas dormi depuis trois jours. Même pas obsédé par quelque image que ce soit. Il ne dort pas, c'est tout. Et toujours ce vide en lui. Cet immense trou qui l'a dépouillé de toute émotion. La venue de Laura n'a même pas fait battre son cœur un peu plus fort. Il l'a écoutée comme dans un rêve. Il ne se souvient même plus de la couleur de sa robe, de son parfum. Il est éteint. Absent. Perdu.

Soudain, un éclair zèbre le ciel. Aucun nuage, pourtant. Aucun signe d'orage. Alors, dans sa tête seulement ?

Il se lève, remonte l'allée et se dirige vers la remise.

Luigi s'est recroquevillé au fond de la cellule. Tapi sous l'évier. Il a glissé du lit aussi vite qu'il a pu, quand il a entendu la clé tourner dans la serrure. Un réflexe. Une panique de poupée. Ineffaçable.

Zarkane va s'asseoir sur le lit. Seule la lumière de la lune éclaire la cellule d'un rayon diffus, faible. Il devine plus qu'il ne voit le corps replié du vieil homme. Il entend son souffle tremblant.

— C'est l'heure, Luigi, dit-il d'une voix calme. Je vais te tuer… Tu as une dernière chose à me dire ?

Aucune réponse en écho. Pas le moindre son.

— Tu vois, cette cellule a aussi été la mienne, continue Zarkane. Pendant quinze ans, je m'y suis cloîtré. J'y ai vécu les mêmes angoisses que les tiennes, les mêmes silences. Il fallait que je me punisse moi aussi. Il n'avait pas complètement tort, ton avocat, quand il s'est acharné sur moi pour arracher l'indulgence des jurés. Il disait que j'étais aussi coupable que toi. Il a réussi à les convaincre. Moi, je l'étais déjà.

Luigi ne réagit toujours pas. Zarkane lève le regard vers la fresque, laisse passer un long silence et reprend :

— Je vais te tuer pour elles. Et pour moi aussi. Je voulais te voir crever à petit feu, mais je n'en ai plus la force. Mais avant, je voudrais juste que tu me racontes ce qui s'est passé vraiment ce soir-là. Je sais que tu as menti. Que tu me le dises ou pas, je t'étranglerai quand même de mes propres mains. Tu as cinq minutes…

Rien. Pas un frissonnement. Pas un son. Une minute, presque.

Et puis, soudain, le corps de Luigi s'anime lentement. Il rampe avec peine et se redresse en s'appuyant sur le bord du lit. Et il s'assoit à côté de Zarkane. Ils ont tous les deux le regard planté dans le mur d'en face. Luigi pleure. Et en coupant ses phrases de longs silences, il va raconter à Zarkane, d'une voix monocorde, la vérité.

La seule.

La version du procès était fausse. C'est l'avocat qui l'avait ciselée pour son client. Entièrement. Il avait interrogé Luigi de longues heures pour trouver un détail, un souvenir de la dernière journée aux Fauvettes sur lequel il pourrait broder.

Ce fut le collier, qu'Elizabeth avait sans doute égaré. Maître Lepetit avait échafaudé la « vérité de Luigi » à partir de ça. La *vraie* vérité était tout autre. Il avait fini par la lui arracher, en échange de la promesse de s'occuper de toute sa famille. Ce qu'il ne fit pas, d'ailleurs. Et ce fut le roman de maître Lepetit que les jurés dévorèrent jusqu'à la clémence. Et qu'importaient les scrupules, il avait fini en beauté.

Les seuls éléments totalement véridiques étaient les faits relatés jusqu'au départ de Luigi de sa maison après le repas d'anniversaire de son fils : l'appel d'Elizabeth et la décision d'aller aux Fauvettes sur-le-champ.

Tout changeait ensuite, quand le jardinier avait décidé d'amener Nino avec lui. Ce fils, dont on fêtait l'anniversaire, et qui était sous l'emprise de tout ce qu'il était possible de consommer comme drogues nouvelles. Un junkie, arrivé à un stade de dépendance pratiquement irréversible. Il avait été renvoyé le jour même du magasin de fleurs, où son père lui avait trouvé un emploi à peine dix jours plus tôt. Il avait annoncé ça à la famille au gâteau, juste après le coup de fil d'Elizabeth. Luigi, l'homme d'honneur, le bon père de famille, s'était fâché pour de bon.

— Tu vas venir m'aider à chercher cette commode. Et on parlera en chemin.

Et Luigi avait parlé pendant tout le trajet. De l'honneur de la famille. De la mamma et de ses souffrances. Bref, il avait prononcé les paroles convenues de tous les pères du monde quand leurs enfants ne leur appartiennent plus. Nino, le regard flou, avait fait semblant de l'écouter.

La camionnette se gara devant le perron de la maison des Fauvettes.

— Tu restes là et tu m'attends ! ordonna sèchement Luigi.

— Je peux venir t'aider, proposa Nino.

— Tu tiens à peine debout, lâcha Luigi… Tu bouges pas !

Quand Elizabeth ouvrit la porte, Luigi entendit la portière de la camionnette claquer derrière lui.

— C'est qui ? demanda-t-elle.

— Euh… Nino, mon grand fils, répondit Luigi à Elizabeth, embarrassé.

— Ah, bien, il va vous aider à transporter la commode, fit-elle, souriante.

— Ben… Peut-être, balbutia Luigi.

Comme Nino s'avançait en titubant, elle remarqua :

— Il n'a pas l'air très en forme…

— C'était son anniversaire ce soir, il a un peu bu,

répondit Luigi. Attendez deux secondes, je vais lui dire de rester dans la camionnette.

— Mais non, fit Elizabeth en souriant. Il faut bien s'amuser de temps en temps. Et puis, je vous ai fait du café, ça va le requinquer. Allez, venez tous les deux, ça me fait plaisir.

Luigi se retourna vers Nino et lui dit, avec un sourire forcé :

— Puisque madame insiste, tu vas m'aider à porter la commode.

— Eh oui, fit Nino en riant sans raison.

Il montra à Elizabeth les gants de travail qu'il avait mis dans la camionnette et ajouta, la voix pâteuse :

— Je suis l'associé de mon père. Un super ouvrier. Le chef des déménageurs.

Elizabeth sourit. Elle prit pour de l'humour de griserie ce qui n'était que des propos incohérents, sortis d'un cerveau dévasté.

Et elle les invita à entrer, avant de les conduire au salon.

— Attendez, fit-elle en arrivant, je vais chercher une tasse supplémentaire à la cuisine.

Nino la suivit des yeux, le regard fou. Elizabeth portait une robe d'été très courte. Luigi, qui s'était aperçu de l'intérêt lubrique que portait Nino à Elizabeth, le rappela à l'ordre à mi-voix :

— Tiens-toi bien, s'il te plaît !

Nino balbutia :

— Je fais pas de mal, c'est elle qui fait sa pute avec sa robe.

Le regard de Luigi fut terrible. Des yeux, il désigna à son fils la petite Fanny qui jouait sur le plancher.

— Et alors ? fit Nino. À son âge, elle sait pas ce que c'est… Pas encore.

Et il éclata d'un rire bien gras.

Luigi allait parler quand Elizabeth revint, enjouée, et lança :

— Je vois qu'on est de bonne humeur ! Un peu trop de champagne, sans doute… Allez, ça va vous faire du bien… Attention, le café est bouillant.

Elle les servit, prit Fanny, assise par terre, dans ses bras, et l'assit dans le canapé. Pendant son mouvement, Nino put apercevoir furtivement le haut des cuisses et un bout de culotte blanche.

Puis Elizabeth attrapa sa tasse, s'installa entre Nino et Luigi et dit :

— Il est beau, ce grand fils.

Puis, s'adressant à Nino :

— Posez vos gants, ce sera plus pratique.

Il la fixa avec un regard appuyé. Son cerveau dérangé avait pris ça pour une invitation. Il glissa d'un coup sa main entre les cuisses d'Elizabeth. Elle bondit en criant :

— Mais ça va pas non ? Vous êtes malade !

Nino sourit et lança :

— Fais pas ta bourgeoise. Y a deux secondes tu montres ton cul, et maintenant tu joues les…

Il n'eut pas le temps de finir. Luigi essaya de le tirer par le bras, mais Nino se dégagea, et son père bascula en arrière.

— Excusez-le, madame, dit-il affolé, en se relevant.

Et Nino renchérit, en riant bêtement :

— Madame Salope, oui !

— Allez, dehors, sortez tous les deux ! ordonna Elizabeth, furieuse. Vous êtes aussi soûls l'un que l'autre. Vous me décevez beaucoup, Luigi. On réglera ça demain. Allez, dehors !

Là, Nino ne riait plus. Son visage changea d'un coup.

— On réglera quoi ? T'es la patronne, c'est ça ? Tu vas le virer parce que t'as tous les droits ?

Luigi suppliait :

— Tais-toi, s'il te plaît… *Fermati, per piacere !*

Mais Nino était déchaîné. Il montra du doigt Fanny qui commençait à pleurer, en serrant sa poupée contre elle de toutes ses forces.

— Bourgeois de merde ! lança-t-il avec dégoût. Elle en a de la chance d'avoir des beaux jouets, ta fille de pute, nous on n'en avait pas.

La suite fut d'une rapidité folle. Elizabeth se précipita sur Nino et le gifla. En retour, il lui envoya un énorme coup de poing qui la propulsa dans le canapé à côté de Fanny. Puis il attrapa le plateau où se trouvaient les tasses et la cafetière et les balança sur elles. Il y eut deux hurlements de bête. Luigi s'accrocha à son fils pour le maîtriser, mais il était devenu incontrôlable. Ils luttèrent quelques instants et Nino l'envoya à terre. Pendant ce temps, en un éclair, Elizabeth avait jailli du canapé, Fanny dans les bras. Elle avait passé la porte du salon et se précipitait dans les escaliers. Nino, en un bond, les rattrapa.

Luigi ne vit pas la suite. Il entendit des chocs, des

bruits de coups, d'objets fracassés, puis des cris terribles. Et d'un coup, plus rien. Un silence atroce. Et enfin le claquement de la porte d'entrée.

Il s'avança doucement et découvrit l'horrible tableau.

La fresque.

Quand Luigi rentra chez lui, les autres enfants étaient couchés et Nino n'y était pas. Anna Maria, sa femme, en le voyant arriver décomposé, se laissa tomber sur une chaise, se signa et dit résignée.

— Nino a encore fait des bêtises.

Luigi lui prit les mains et les lui croisa en disant tout bas.

— Prie, mamma, prie. Il est arrivé un très grand malheur.

Il se servit un verre de grappa et l'avala d'un trait. Ils restèrent ainsi sans parler.

Au bout d'une demi-heure d'un silence tout juste troublé par quelques prières pleurées à mi-voix, Luigi se leva et alla s'assurer que toutes les portes étaient fermées. Puis il revint s'asseoir au plus près d'Anna Maria et dit tout doucement :

— Tu diras aux enfants que je me suis fâché avec Nino sur la route, et qu'il est descendu de la camionnette pour aller je ne sais où. Je suis allé chez madame Elizabeth tout seul. Tu entends ? Tout seul !...

Puis il dit pour lui-même :

— De toute façon, il n'a pas quitté ses gants. Il n'y aura pas ses empreintes…

Et il ajouta enfin :

— « *Se il figlio è storto, è che il padre non ha saputo metterlo dritto* », disait Giuseppe, mon père. La faute de mon fils, elle est à moi. À moi tout seul.

« Si le fils est tordu, c'est que le père n'a pas su le mettre droit. »

Zarkane a écouté les moindres détails du récit, impassible. Comme au procès. Mais cette fois, il sait bien que c'est la vérité. Une vérité qui lui ajoute une culpabilité nouvelle. Celle du marchand de drogue qu'il était. Une de plus. Une de trop. Et une vengeance supplémentaire. Une de trop aussi.

Alors, se flageller à nouveau ? Et repenser une punition pour le « nouvel » assassin ?

Il est à bout de forces. À bout de tout. Pourtant, d'un coup, il se sent presque bien. Serein. Brusquement détaché de lui-même. Comme si son âme noire venait de s'envoler, emportant avec elle tous ses tourments, toute sa haine, toutes ses rancœurs. Et qu'une conscience nouvelle l'avait soudain envahi. Une douce illumination. Mesurée. Paisible.

Luigi pleure. Et puis, il glisse lentement du lit, et en rampant va se recroqueviller dans un coin de la cellule. Zarkane ne le distingue même plus. Il entend juste un souffle de voix demander :

— Tu vas aller tuer mon fils, maintenant ?

Le silence qui suit éclaire la cellule d'une lumière invisible. Impalpable, mais bien réelle. Remplie de ces indéfinissables ondes que seul un esprit médium peut saisir. Une aura mystérieuse. Quelque chose est là. Mais il n'y a pas de mot pour désigner précisément ce quelque chose. Zarkane a capté cette présence. Il a été envahi par ce trouble étrange et euphorique à la fois qu'aucun de ses sens n'a pu saisir. Il ne sait absolument pas ce qui le guide, mais son cerveau lui impose une évidence : le film va s'arrêter là. Il n'y aura plus de vengeance. Plus jamais.

Rien.

Le pardon en point d'orgue.

Parce que « quelque chose » le lui commande. Quoi ? Il l'ignore. Mais il le ressent terriblement fort. L'âme de ses morts, peut-être : Mamma Lisa, Elizabeth, Fanny, Papa Charly, Fernand, tous réunis, qui sait ? Pour lui souffler : « Maintenant, ça suffit ! » Un ossuaire charitable aux pouvoirs surnaturels. Pourquoi pas ? Le possible l'a tant meurtri. Est-ce que la clé ne serait pas l'impossible ? L'inimaginable : le pardon définitif sans condition.

Il se lève et va s'agenouiller près de Luigi. Et il le prend délicatement contre lui. Comme un enfant. Un frère. De douleur. D'injustice. De sacrifice. Et ces mille souffrances endurées. Ces années de pénitence inhumaine. Et tous les cris du monde. Et le diable en eux. Et le mépris du ciel.

Et là, dans la cellule silencieuse, les voilà sculptés l'un dans l'autre. Leurs corps soudés. Si loin des dieux. Misérablement humains. Indissociables. Morts-vivants. Au tombeau.

Zarkane parle :

— Tu ne sortiras pas tout de suite. Tu resteras quelques semaines. Le temps d'effacer l'image abominable qui doit brûler tes yeux depuis ce soir-là. Allonge-toi, je vais t'expliquer comment faire.

Et les deux corps siamois se redressent, titubent vers le lit, et là, basculent lentement en arrière.

Zarkane fixe le plafond.

Rien.

La fresque n'y est plus.

Il sourit presque. Et la voix de Papa Charly vient murmurer à son oreille : « Si tu ne pardonnes pas aux autres, tu ne te pardonneras jamais à toi. »

Dieu est mort depuis longtemps.

Ça, il le savait. Mais ce soir, le diable aussi, alors ?

La nave Nacello

Quelques *pensionati* arpentent encore et encore la piazza Maggiore. Les vieux Italiens bavards vont disparaître en même temps que le soleil. Laura descend le rideau de fer de la petite boutique d'œuvres d'art. Sous les arcades, les promeneurs sont clairsemés.

Zarkane attend sur le trottoir, Giovanna dans les bras. Il doit la ramener à Matteo, son père, avant huit heures. Elle commence à pleurer.

— Mets-la dans la poussette, lance Laura.

— Mais non, mais non, ça va aller, répond Zarkane en la faisant sautiller dans ses bras.

— C'est pas un grand-père qu'elle a cette petite, c'est une vraie nounou ! dit Laura en riant.

Le dernier rayon de soleil vient caresser la joue de Giovanna. Zarkane dépose un baiser tendre sur son front. Puis ses yeux balayent la grande place mythique et il pousse un long soupir de bien-être.

Il a quitté les Fauvettes pour venir habiter à Bologne, il y a moins de deux ans. Et pourtant le cauchemar lui semble terriblement loin. Ils se sont installés dans la villa des parents de Laura, à cinq kilomètres du centre-ville. La boutique n'est ouverte que depuis neuf mois, mais c'est déjà une réussite. Matteo, de passage avec sa jeune épouse américaine, leur a confié leur fille pour quelques jours. Ce soir, ils dîneront tous ensemble à la villa.

Un dernier arrêt sur image. Le bonheur. Simple. Pur.

La vraie fin du film.

Sur une dernière musique. Celle du début.

Sous les arcades, à deux pas de la boutique, un vieil Albanais assis à même le sol chante en italien, en s'accompagnant à l'accordéon. La chanson raconte la légende du *Nacello*. Un navire qui sillonnait toutes les mers du monde au Moyen Âge. On dit que le diable y avait pris l'apparence du marin le plus beau. Ainsi, à chaque port, il descendait à terre pour séduire une jeune fille et lui faire un enfant. On dit aussi qu'il avait trouvé ce stratagème pour peupler la planète de ses fils.

Zarkane n'a pas écouté la chanson. Il s'éloigne sur la piazza Maggiore en tenant la main de Laura, Giovanna endormie sur son épaule. Le soleil a disparu. Quelques pigeons s'envolent. Fondu au noir. Clap de fin. Générique. Musique :

Bella donna, bella donna, sei attenta alla nave Nacello

Bella donna, bella donna, i suoi marinai sono un pericolo,
Bella donna, bella donna, sei attenta alla nave Nacello
Bella donna, bella donna, oppure nascerà da te un diavolo…

FIN

Du film… Pas du livre.

Je suis l'auteur de ce livre. Je m'appelle Joseph Lubsky. Peut-être. Joseph, c'est sûr. Mais au bout de dix-huit ans de prison, il ne reste qu'un prénom et un matricule. Un surnom, aussi. Je n'ai pas envie de le dévoiler non plus. De toute façon, je ne l'ai jamais beaucoup aimé. Alors, Lubsky, pourquoi pas ! On ne sait jamais. Personne n'est à l'abri du succès, et s'il advenait que mes écrits aient l'heur de plaire, je ne voudrais pas qu'on fouille trop dans mon passé.

J'ai été condamné dans les années quatre-vingt. Je n'ai envie de préciser ni les dates, ni les lieux, pas plus que les circonstances. Je peux juste avouer que ma culpabilité a été établie sans l'ombre d'un doute. Je ne méritais pas cette peine. Je me suis simplement trouvé au mauvais endroit au mauvais moment. Un bon avocat m'aurait sans doute épargné une dizaine d'années d'enfermement. Ma précarité de l'époque ne m'a pas permis de m'adjoindre les services d'une épée. J'ai dû me contenter d'un second couteau. Une lame, dans les deux cas. Celle qui me défendait était un peu rouillée. Un sous-maître du barreau qui ne put atténuer le nombre d'années à passer derrière les miens. Jeu de mots. Jeu de maux. Et moi, né sous le plus mauvais signe astrologique de la justice : Balance ascendant Poisson. En apnée pendant dix-huit ans. Vingt mille lieues sous la mort.

Je suis sorti il y a un an tout juste. J'y suis encore. On n'en sort jamais vraiment. La société le sait bien. Elle m'a libéré pour sa conscience, pas pour la mienne. Qu'est-ce qu'ils croient ? Que parce qu'il n'y a plus de clé, il n'y a plus de murs ? Je paye encore ma dette. Je la paierai jusqu'à la fin de mes nuits. Le jour, ça va encore. J'ai quelques amis. En affection prudente. Ils ne me laissent jamais seul avec leurs enfants. Je les comprends, même si mes fautes n'ont concerné que des adultes.

La Cellule de Zarkane est une œuvre d'imagination. Donc une histoire vraie. Chaque roman raconte un homme. Celui qui l'écrit. Ce récit est quand même beaucoup plus réel que les autres puisqu'il s'inspire de faits rigoureusement authentiques. Bien entendu, je les ai peints à ma façon. Avec la couleur de mes mots. Pour enfermer dans ce livre un peu de moi. À perpétuité réelle, puisque les écrits restent, paraît-il. Au contraire de Zarkane, je ne goûte pas l'éphémère. Logique, sans doute, puisque je suis né de parents parfaitement équilibrés et aimants. Comme quoi l'éducation parfaite et les caresses maternelles ne conduisent pas toujours à l'excellence. J'ai tellement croisé, dans la cour des promenades, des meurtris, des blessés, des rustres. Tous convaincus que les racines de leur mauvaise âme plongeaient au plus profond de leur enfance manquée. C'était un alibi pour la plupart d'entre eux. Moi, je n'en ai jamais eu. Même pas au tribunal. *Fatum*. Le destin. La seule explication plausible à mes erreurs de jeunesse. Cela a fait de moi un pessimiste gai. Persuadé que dans une autre vie, la donne des arcanes sera meilleure. Alors, en attendant, j'ai écrit.

Dès le début, j'ai tenu un journal. Il dort dans un vieux coffre, dans ma petite chambre d'aujourd'hui. Il n'est que pour moi. Si la mort me laisse le temps de la voir venir, je le détruirai avant de partir avec elle. J'ai fait d'autres romans. De belles histoires d'amour. Il fallait bien que je survive. J'aime tellement les femmes. Et elles me l'ont si bien rendu. J'ai été amoureux une dizaine de fois en prison. Amoureux fou. Normal, mes héroïnes de papier quadrillé étaient belles, jeunes et offertes. Et quand elles avaient un dilemme de cœur, ma plume les ramenait vers moi chaque fois. Je leur faisais l'amour comme je voulais et elles m'offraient tous mes délires. J'ai joui réellement, évidemment. Au moins deux fois par jour.

Je ne voulais pas écrire d'histoires de voyous, de bandits. Cela m'aurait trop rappelé le dehors. Et je serais sûrement devenu fou. Pourtant ma documentation intérieure est on ne peut plus riche. Sans rentrer dans les détails, j'avoue que j'ai fréquenté, avant la prison, à peu près tout ce que le grand Sud comptait de hors-la-loi. Des plus inoffensifs aux plus dangereux. Je ne m'y attarderai pas, encore par précaution. Il n'y a jamais de prescription dans ce milieu-là.

Six mois avant ma libération, j'ai croisé un homme qui entrait pour dix ans. Dans le « sas des migrants ».

La cour de promenade, où, en mouvement perpétuel, les yeux las accrochent les regards neufs. Et où des attirances inexplicables se créent. Cet homme-là n'était pas tout jeune, et instinctivement il a préféré ma compagnie à celle des gamins. C'était sa première condamnation. Meurtre. Même en s'appliquant à les dissimuler, d'infimes détails dans son comportement confortèrent rapidement mon impression première : il était homosexuel et son instinct avait dû lui souffler que je n'avais aucun *a priori* sur la chose, même si elle était totalement étrangère à mes mœurs. Et que je pouvais être pour lui un bouclier à la persécution ordinaire. Il avait raison. En dix-huit ans, il m'est arrivé régulièrement d'arracher au supplice des « poupées » désignées. J'étais fort et respecté.

Nous nous sommes donc liés d'une amitié réelle qui, évidemment, se matérialisa par des confidences. Les siennes, surtout. Pour ma part, je suis de nature discrète et préfère garder mes secrets pour moi. Il me livra les siens comme en confession. Ce qui ne me surprit pas plus que ça. Je dois avoir une aura mystérieuse qui pousse à l'aveu. Une âme de prêtre, sans doute.

Un après-midi de novembre splendide, je fumais une cigarette, assis en bordure du terrain de fortune où des basketteurs d'occasion bondissaient à l'assaut d'un cercle rouillé. Il s'assit à côté de moi et me rendit les quatre cahiers d'écolier de *La Fortune de Cléo*. Le tout premier roman que j'avais écrit en une semaine sans dormir ou presque, en 1990. Pressé. Trop. Ce n'est que bien plus tard que je comprendrai qu'il ne suffit pas de remplir les heures pour qu'elles passent moins vite.

— Merci l'Œuf, dis-je en souriant.

Le surnom était sans grande originalité, mais il s'en fichait. Son crâne lisse lui allait bien. Il en plaisantait :

— Je ne suis pas chauve, j'ai le front large. C'est la marque des gens intelligents. C'est pour ça que je suis un peu con sur les bords.

Une vieille blague de potache, allusion aux quelques cheveux qui lui restaient, juste au-dessus des oreilles.

— Pas mal, ton histoire, me fit-il. J'ai failli avoir la même avec un représentant de commerce. Mais franchement, il n'y a pas de quoi en faire un film.

— Je sais, répondis-je, un peu vexé. Mais c'était le premier roman. Tu vas voir. Les autres sont bien meilleurs.

Son sourire disparut soudain. Il baissa la tête, sembla chercher en lui, avala sa salive et dit d'une voix sourde :

— Parfois, la vie a plus d'imagination que le scénariste le plus doué.

— C'est très bon, ça, fis-je, enthousiaste. Ça ferait une belle première phrase pour un roman. Il ne resterait plus qu'à trouver l'histoire.

Il y eut un silence, et sans me regarder, il lâcha :

— Je l'ai… La mienne… Enfin, pas tout à fait.

Et il me raconta tout, en me faisant jurer, si je devais l'écrire, de modifier les lieux et les noms, pour que même aujourd'hui, on ne puisse reconnaître personne. Ce que je fis.

Pour son nom à lui, il proposa Clovis. Ça lui allait bien. Et je me mis donc à écrire *La Cellule de Zarkane*. À partir de ce que l'Œuf, le Clovis de l'histoire, m'avait confié. Tout est rigoureusement exact. Sauf la légende de *La nave Nacello*. Mais qui sait ? Peut-être a-t-elle existé vraiment.

Une « Mamma Lisa » s'est réellement jetée par la fenêtre du cabinet d'un brave médecin, un jour chaud de l'été 1964. Mais dans une autre ville, un autre port du Sud. L'Anguille avait un autre surnom, qui évoquait aussi que la police n'arriva jamais à l'attraper. Maître Lepetit est mort. En faisant des recherches, j'ai appris qu'il avait été décoré, juste avant sa disparition, d'un quelconque insigne que la patrie reconnaissante remet à ses sujets les plus intègres. Le Catalan a été assassiné à la sortie d'un bar parisien, il y a peu de temps. Les parents d'Elizabeth ont pris leur retraite après avoir vendu leur magasin. Ce n'était pas une librairie et ce n'était pas à Toulon. C'était un autre commerce, tout aussi rentable, dans une ville pas très éloignée en bord de mer.

Zarkane vit toujours en Italie. J'ai eu la chance de l'apercevoir une fois, quand il est venu rendre visite à Clovis, au parloir de notre maison d'arrêt commune. L'Œuf l'a informé qu'il m'avait tout raconté, et lui a demandé si ça le gênait que je fasse un roman de son histoire. Il a répondu : « Pourquoi pas ? » Je n'ai jamais eu l'occasion de le remercier. Je profite de ces dernières lignes pour le faire. J'espère vivement le croiser un jour. Seulement s'il le souhaite. La sortie de ce livre lui en donnera peut-être l'envie.

Aujourd'hui, il doit rester à Clovis, enfin à l'Œuf, cinq à six années de prison à effectuer. C'est bien plus qu'il n'en faut pour fixer à jamais au plafond de sa cellule l'image du meurtre pour lequel il est enfermé : les yeux révulsés et la gorge tranchée de Nino, qu'il a retrouvé et exécuté de ses mains deux semaines après que Zarkane eut quitté les Fauvettes. Il s'est livré à la justice et ses aveux spontanés ont plaidé en sa faveur.

Je m'appelle Joseph Lubsky. J'ai passé de longues années en prison. Le temps, petit à petit, a fait de moi un désespéré aimable et inoffensif. Un vieux bonhomme sans beaucoup d'illusions. En vieillissant, le tronc de mon arbre de vie s'est recouvert de mousse grise et blanche. J'ai tracé ce livre sur des feuilles mortes. Les plus belles. Celles que dessinent les enfants à l'école primaire. Cette histoire n'est pas la mienne. Mais elle est vraie, aussi. J'ai souhaité l'écrire au nom de ceux qui l'ont vécue. Elle deviendra peut-être un film. Je le souhaite. S'il est bon, je n'y serai pour rien. Il y a le masque et il y a la plume.

La vie a bien plus d'imagination que le scénariste le plus doué.

Table

Composition réalisée par FACOMPO (Lisieux)

Achevé d'imprimer en février 2009 en France sur Presse Offset par
Maury-Imprimeur - 45330 Malesherbes
N° d'imprimeur : 144770
Dépôt légal 1re publication : mars 2009
Librairie Générale Française - 31, rue de Fleurus - 75278 Paris Cedex 06

31/2298/3